여행가 歌

여행가 歌

언젠가 저 길을 가보리라!

이지상 지음

북하우스

어설픈 방랑자였던 자식을 바라보며 마음 졸이다
갑작스레 세상을 뜬 아버지,
평생을 자식 걱정하며 살아온 어머니에게
이 글을 바칩니다.

떠날 거야, 떠날 거야, 떠나고 말 거야.

학창 시절부터 저는 이런 여행가를 불렀지요.

학교를 졸업하고 나서도 한동안 부르다가, 마침내 30대 초반에 꿈을 이루었습니다.

저는 왜 그렇게 떠나고 싶었을까요?

제가 살아온 세상은 톱니바퀴처럼 빈 틈 없었고, 사막처럼 삭막했으며, 핑핑 도는 회전 목마 같았습니다. 아무리 생각해도, 여기는 제 세상이 아니었어요.

이곳을 탈출해, 산 넘고 물 건너 가면 신천지가 펼쳐질 것 같았습니다. 저는 그곳에서 저만의 세상을 찾고 싶었어요.

그런데, 저는 그곳에서 무엇을 보았을까요?

지금, 제 방에는 배낭이 몇 개 있습니다.

삶이 힘들거나 답답할 때, 가끔 낡은 배낭들을 꺼내 물끄러미 바라봅니다. 제 삶의 흔적이 배어 있는 것들…… 생사고락을 함께 한 그것들은 낡고 망가져도, 평생 저와 함께 할 겁니다.

저는, 바다 건너서 신천지를 발견하지는 못했지만, 낡은 배낭만 바라보아도 코가 시큰해지는 사랑을 찾았습니다. 그 사랑을 찾기까지는 고통과 슬픔 그리고 방황이 있었지요.

이번 글은 그 과정을 노래하는 여행가입니다.

지금도, 어디선가 미지의 세계를, 나만의 세상을 간절히 그리며 떠나고 싶어하는 분들이 있겠지요? 그들과 함께 노래를 부르고 싶습니다.

여행전야

58년 개띠

　언제부턴가 58년에 출생했다고 하면, '아 그 유명한 58년 개띠' 라는 말을 듣습니다.

　왜 그런 말이 나왔는지 지금도 모르겠지만 어쨌든 많이 들었습니다.

　그리고 어느 날 주변을 돌아보니 세상에, 저처럼 여행하는 사람들 중에 58년 개띠가 왜 그렇게 많은 겁니까?

　세상에 많이 알려진 사람, 조금 알려진 사람, 묵묵히 숨어서 여행만 하는 사람…… 하여튼 58년 개띠들이 많았습니다.

　직장에 사표를 낸 후, 우연히 걸거리에서 재미 삼아 컴퓨터 점을 본 적이 있었어요.

　그때 점궤 중 기억나는 것은, 제가 하늘을 이불 삼아 천지를 돌아다닐 팔자이니, 욕심 부리지 말고 방탕하지 말며, 늘 수행하는 마음으로 살아간다면 자유로운 삶을 살 수 있을 거라는 얘기였어요.

　글쎄요, 저는 운명이나 팔자 같은 것을 그리 믿지는 않습니다. 그런 것이 있는 것 같기도 하지만, '지성이면 감천이라', 사람의 지극한 정성, 종교적인 믿음에 의해 얼마든지 바뀔 수 있는 것이라 생각하거든요.

어쨌든 그 점궤 중에서 제가 지금까지도 마음에 새기고 있는 것은, 팔자니 운명이니 하는 것이 아니라, 방탕하지 말고 늘 수행하는 마음으로 열심히 살아가라는 얘기입니다.

그후 길고긴 여행길에서 그것이 얼마나 중요한지를 깨달았거든요.

세상을 다 놓아버린 것처럼 행동하는 방랑자의 허세와 방탕이 자신의 인생을 어떻게 타락시키는지 체험하게 된 것이지요.

어쨌든, 저는 제 팔자와 관계없이 어릴 때부터 조직이 싫었습니다. 무조건 싫었습니다. 길고 긴 학교 생활은 저에게 어두운 터널이었습니다. 특히 조회 시간이 가장 싫었어요.

줄, 줄, 줄······.

그 줄이 싫었습니다. 앞사람 뒤통수만 바라보며, 뙤약볕 밑에서 교장선생님의 훈시를 듣는 그 순간은 정말이지 일부러 쓰러지고 싶을 정도였습니다.

너무도 그게 싫어 초등학교 1학년 때, 숨은 적도 있었어요. 저는 그때 어떻게 하다보니 반장이 되었는데, 반장이 숨어버렸으니 줄을 누가 세웁니까?

선생님이 저를 찾아다녔어요. 저는 몰래 담벼락에 숨어서 그 광경을 보다가 선생님이 제 쪽으로 오는 것을 보고 요리조리 피해다녔습니다.

"애가 어디 갔지?"

선생님의 그 말을 들으며 두근거리던 내 가슴.

조회가 끝난 후 어떻게 되었는지는 기억이 끊겨져 있지만, 그때 두근거리던 그 이탈의 순간은 지금도 생생합니다.

결국, 제가 이런 길을 걷게 된 것도 팔자라기보다는 성격 때문이라는 생각이 드는군요.

글쎄요, 58년 개띠들이 다 이런 성격인지는 모르겠습니다.

만약 성격들이 다르다면, 결국 팔자인가요?

아, 모르겠습니다.

남의 사연까지야 알 길이 없지요.

거북이의 탈출

거북이 얘기부터 시작하고 싶네요.

제가 가장 좋아하는 동물이 거북이거든요.

천천히 느리게 걷는 것이 어딘지 성실하게 보이고, 물 속에서 헤엄치는 모습도 어딘지 넉넉하고 자유롭게 느껴져서 그렇습니다.

또 제가 어릴 적 일인데, 태평양에서 배가 난파되어 어느 한국인 선원이 헤엄을 치다 거의 죽게 되었을 때, 그 캄캄한 바다에서 갑자기 커다란 바다 장수 거북이가 나타나 선원을 등에 업고 며칠 동안 헤엄쳤다는 겁니다.

만약 거북이가 바다 속으로 들어가면 끝이지요. 그러나 거북이는 커다란 배가 나타나 선원을 구출하고 나서야 바다 속으로 잠수했습니다.

그 당시 신문에 대서특필되었었는데, 그 한국인 선원의 어머니는 용왕님이 살려주신 거라고 굳게 믿었습니다. 그 동안 어머니는 늘 용왕님께 자식을 살려달라고 기도했으니까요.

용왕님이 구해주었든, 우연의 일치든 어쨌든 거북이는 인간과 가깝게 느껴져서 왠지 모르게 저는 거북이가 좋습니다.

그런데, 거북이가 몇 년 사는지 아세요?

저는 한때 거북이가 수백 년 사는 줄 알았습니다.

그런데 백과사전을 찾아보니 평균 30년에서 50년, 좀 길게 사는 것은 100년 정도 산다는군요.

불로장생을 상징하는 십장생 중의 하나인 거북이의 수명이 그 정도밖에 안 된다는 것을 알고서는 실망한 적이 있었는데, 하지만 저에게 거북이는 여전히 수백 년을 사는 동물처럼 느껴집니다.

학교를 졸업하고 직장에 들어가 돈을 벌어야 하는 것은 당연한 일이었고 누구나 하는 일이었습니다. 남과 비교했을 때 결코 고생스런 일도 아니었고, 지금은 그렇게 생각하지 않지만, 그때는 그래도 남들이 부러워하던 대기업 중의 하나였습니다.

생각해보면 행복하고 감사해야만 하는 저의 직장생활이 왜 그렇게 메마르고 힘들게 느껴졌을까요?

아마 변하지 않는 일상과 조직을 싫어하는 제 성격 때문이었을 겁니다.

이제 내 인생은 이것으로 낙착되고 마는가?

그런 질문을 하는 동안, 삶은 그 자리에서 끝나는 것 같았고, 허무하기 이를 데 없었습니다.

돌이켜보면 직장생활을 부정적으로만 생각할 이유가 없다고 봅니다.

자신을 위해, 가족을 위해 열심히 일하고 돈을 버는 일은 정말 중요하고, 또한 강한 성취의욕을 느끼는 사람에게 그 직장은 자기실현을 위한 소중한 현장일 테니까요.

그러나, 그 당시 직장생활에 큰 흥미를 못 느끼던 저는 힘들었습니다.

그래서 어느 날 남대문시장에 가서 새끼 거북이 두 마리를 샀습니다. 그냥 기르고 싶었어요. 제가 좋아하는 동물들에게 애정을 주며 메마른 마음을 조금 적셔보고 싶었던 거지요.

거북이는 키우기가 쉬웠습니다. 작은 어항에 돌 몇 개 넣고 먹이를 조금씩 주고 가끔 물을 갈아주는 것밖에 할 일이 없었어요. 처음에, 거북이들은 저희들끼리 잘 자랐고 저는 여전히 바빴습니다.

오전 9시부터 근무해서 집에 오면 저녁 8시, 9시. 야근하는 날이면 밤 12시 넘어서 들어온 적도 부지기수였지요.

늦은 저녁을 먹고 잠자리에 들다보면 부시럭거리는 소리가 귓가에 들려오곤 했습니다. 메말라버린 제 몸과 마음에서 나는 소리였죠.

지친 몸을 이끌고 직장에서 돌아와 꿈틀거리는 생명에게 먹이를 주는 순간, 저는 작은 기쁨을 느끼곤 했습니다.

그런데 새끼 거북이가 우리 집에 온 지 이 주일쯤 지났을 때던가? 두 마리 모두 어디론가 사라지고 말았습니다.

방 안을 뒤져보니 그리 멀리 가지도 못하고 제 책상 밑에서 꼬물락거리고 있더군요.

몸이 커갈수록 거북이들은 어항을 더 자주 기어나왔습니다. 조금 더 활발한 놈은 좁은 어항 속에서는 죽어도 못 살겠다는 듯 필사적으로 탈출했고, 다른 한 마리는 시간이 지나면서 힘이 빠진 듯 횟수가 줄어들기 시작했지요.

문득, 그들의 모습이 마치 영화 〈빠삐용〉 속의 두 인물들 같다는 생각이 들어서 저는 그들에게 이름을 붙여주었습니다.

팔팔한 놈은 빠삐용, 시원치 않은 놈은 그 영화에서의 배역 이름이 생각 안 나 그냥 배우 이름인 더스틴 호프만으로.

자주 물을 갈아주고 먹이도 열심히 주었지만 그들의 탈출은 중단되지 않았습니다.

그러던 어느 날, 빠삐용이 방구석에서 딱딱하게 굳은 채 움직이지 않는 거예요. 죽은 것이었습니다.

어항에 남아 있던 호프만도 생기를 잃고 움직이지도 않았습니다.

비록 하찮은 새끼 거북이지만 제 방에서 그렇게 죽어가는 모습을 보는 제 마음은 참담하기 그지 없었습니다.

저는 마지막 남은 호프만이라도 놓아주기로 결심했지요.

어느 일요일날, 강화도로 가는 버스 안에서 물봉지에 담긴 호프만이 죽을까 염려되었지만, 잔병치레 많은 이가 오래 살듯이, 빌빌거리던 호프만도 쉽게 죽지는 않고 있었습니다.

썰물이 빠져나가 갯벌이 드러난 강화도 해변가에 갔을 때 붉은 해가 서서히 가라앉고 있더군요. 저는 갯벌 가장자리에 드문드문 드러난 바위로 갔습니다. 바닷물이 고인 움푹 들어간 곳에서 물봉지를 열었으나 호프만은 나오기도 귀찮은 듯 그대로 있더군요.

순간, 이 녀석이 죽은 것일까라는 걱정이 들었어요.

물봉지를 쥐어짜내며 강제로 호프만을 밖으로 내보냈는데, 아, 이럴 수가…….

새끼 거북이는 짠 바닷물 속으로 들어가자마자 고개를 좌우로 흔들며 네 다리를 부지런히 휘젓더니, 날쌘 송사리처럼 휙휙 돌아다니기 시작했습니다.

방금 전까지 죽어가던 거북이가 생생하게 살아난 것을 도저히 믿을 수 없어서, 그놈이 여태껏 쇼를 부린 것 같다는 생각마저 들었습니다.

해가 가라앉을수록 밀물이 조금씩 안으로 들어오고 있었고, 갈매기들이 부산하게 날고 있었습니다.

불현듯, 저 갈매기들이 새끼 거북이를 쪼아 먹을지도 모른다는 생각이 들어, 호프만을 손으로 잡아 바위 안쪽 깊숙한 웅덩이로 옮겨놓았습니다.

할 일을 끝냈기에 떠나려고 했지만 발걸음이 떨어지지 않았습니다. 마치 자식을 버리고 오는 심정이었어요.

저는 한동안 근처 바위에 앉아 헤엄을 치는 작은 거북이를 하염없이 바라보다, 마음속으로 거북이에게 말을 건넸습니다.

거북아, 작은 새끼 거북, 호프만아.

가거라. 저 검푸른 바닷물에 휩쓸려 미지의 세계로 떠나거라. 저 넓은 세상을 헤엄치며, 한 순간만이라도 너의 진정한 삶을 살거라.

어쩌면 곧, 갈매기의 밥이 될지도 모르겠지. 세상은 험난하단다. 그러나 편안한 어항보다는 그 파도치는 험한 바다가 너를 살리리라. 잘 가라, 거북아.

그리고 약 1년이 지난 후, 저도 그 새끼 거북이처럼 안락한 직장을 그만두고 저 멀고 먼 미지의 세계로 떠났습니다.

그 동안 많은 일들이 있었습니다.

여행길이 기쁜 만큼 세상은 험난했습니다.

그러나 어쨌든 저는 지금 잘 살고 있습니다.

가끔 거북이 호프만을 생각합니다.

제가 살아 있듯이, 그도 여전히 서해바다 어딘가에서 헤엄치고 있으리라 믿고 있습니다. 또한 먼 훗날 어느 생에서, 우리는 길동무가 되어 다시 만날 것이라는 생각을 버리지 않고 있습니다.

길을 잃다

네 살 때든가 다섯 살 때든가?

그 무렵 저는 태어나서 처음으로 길을 잃었습니다.

친구 따라 노량진 갔다가 길을 잃은 것이지요.

희갑이라는 친구의 아버지는 택시 운전사였는데 자기네 아버지 회사에 간다는 그를 따라갔다가 생긴 일이었습니다.

흑석동에서 노량진까지.

골목길이나 맞은편 한강가, 동작동 국립묘지 정도에서만 놀던 우리에게 그것은 짜릿한 탐험이었습니다.

저보다 한 살 더 먹었던 것으로 기억되는 희갑이와 그의 동생 그리고 저, 이렇게 셋은 길을 떠났습니다.

한참을 걸어 고개를 넘었습니다. 지금이야 버스 타면 두세 정류장 거리로 매우 가깝게 생각되지만 그때는 꽤 멀게 느껴졌습니다.

"저기 보이는 게 대학교다."

희갑이가 의기양양한 표정으로 말했습니다.

중앙대학교였습니다. 난생 처음 보는 커다란 대로와 인파 속에서 저는 가벼운 현기증을 느끼고 말았습니다.

약간의 흥분과 두려움 속에서 한 살 더 먹은 친구 뒤를 열심히 따라 걸었는데, 은근히 서러워지고 있었습니다.

희갑이는 제 동생 손만 꼭 잡고 저에게는 신경을 전혀 쓰지 않았던 겁니다. 그렇게 졸졸 따라 걷다가 인파 속에서 저는 그만 그들을 잃어버리고 말았습니다.

초조하게 그들을 찾아 뱅뱅 돌던 저에게 덮쳐오던 먹구름 같은 절망감을 아직도 선명하게 기억합니다. 가슴이 쾅 내려앉으며 다리에 힘이 빠지고 있었습니다. 어떻게든 집으로 돌아가야 한다는 생각이 머리를 가득 채우고 있었지만, 그럴수록 저는 초조해졌습니다.

다시 대로로 나와 양쪽을 바라보니 모두 언덕이었는데, 아무리 보아도 어디가 제가 넘어온 언덕인지 알 수가 없었습니다. 방향감각을 잃은 것이지요.

어디로 가야 하나…….

제 인생에 있어서 최초의 '선택'의 순간이었습니다.

저는 잠시 망설이다가 한쪽으로 걷기 시작했습니다. 고개를 넘으니 다시 멀리 고개가 보였습니다. 절망감이 덮쳐왔습니다.

우리 집으로 가는 길 같기도 하고, 아닌 것 같기도 하고…….

일단 걸어보는 수밖에 없었어요. 걸으면서 희갑이를 원망했지요.

나쁜 새끼. 나만 놓아두고…….

희갑이를 욕하며 걸었건만 그놈도 보이지 않았고, 집으로 가는 길도 아닌 것 같았습니다. 걷다가 무작정 골목길로 접어들었어요. 그냥 이런 골목길로 들어가 걷다보면 어디선가 '짜안' 하고 우리 동네가 나올 것만 같아서였습니다.

그러나 가도가도 낯선 곳이었습니다. 그제서야 영영 집에 돌아가지 못할지도 모른다는 느낌이 온몸을 덮쳐왔습니다.

우우우…… 으아아아아.

한번 울음이 터지자 걷잡을 수가 없었습니다.

사람들은 그런 저를 그냥 바라보기만 했어요. 그게 야속해서 더 엉엉 울며 걸었어요. 한참을 걷던 저에게 누군가가 물었습니다.

"얘, 왜 울어?"

개울에서 빨래를 하던 아줌마였습니다.

집을 잃었다고 말하고 나서 목을 놓아 통곡을 했어요. 그러자 사람들이 모여들었고, 검은 옷에 가방을 든 키 큰 남자가 제 손을 잡고 같이 걷기 시작했습니다.

그 다음부터 제 기억은 토막 나 있습니다.

다만 기억 나는 것은 대로에서 양쪽을 바라보며 키 큰 사내가 '너네 집이 어디야?' 라고 물었을 때 저는 대답을 못했고, '이쪽이야?' 라고 물었을 때 알지도 못하면서 그냥 고개를 끄덕였다는 것입니다.

그런데, 그의 손을 잡고 고개를 넘으니 아, 마술처럼 우리 동네가 멀리 보이고 있었습니다.

그는 집까지 저를 바래다주었고, 돌계단을 올라와 대문을 열고 들어오니 엄마가 빨래를 하고 있었어요. 저는 엄마 품에 와락 달려들며 엉엉 울기 시작했는데, 엄마는 애가 왜 이래 하는 표정으로 웃는 것이 아닙니까?

저는 제가 얼마나 고생했는지를 몰라주는 엄마가 야속해서 발악하듯이 울어댔지요.

"아이고, 그때 그애에게 자장면이라도 사 먹으라고 돈을 주어야 했었는데…… 그때 너 잃어버렸으면 어쨌을까?"

이제 나이 칠십이 넘어가는 엄마는 그렇게 말합니다. 엄마 말에 의하면, 그 키 큰 사내는 중학교 1, 2학년 정도로 보이는 학생이었다고 합니다.

그때 그 학생이 저를 도와주지 않았다면, 저는 지금쯤 어디가서 무엇을 하고 있을까요?

이렇게 저의 첫 여행은 무참하게 실패로 끝났습니다.

말죽거리 탐험

어머니 말에 의하면 제 몸은 한시도 성할 날이 없었답니다.

그것은 저도 기억합니다.

학교도 들어가기 전에, 달리는 버스 뒤꽁무니에 매달렸다가 떨어져 길 한복판에서 데굴데굴 구르던 일, 리어카 옆에 매달려 가다가 발이 빠져 바퀴에 찢어지고 뒤틀려서 한동안 목발을 집고 다닌 일, 한강에서 헤엄치다 빠져 죽을 뻔해서 허둥대던, 그 아련한 순간들을…… 또, 동네 중국집에서 키우던 제 키보다 더 큰 장닭에게 강냉이를 주다 쪼여서 혼비백산하던 일, 저보다 몇 살 더 먹은 아이 등을 타고 놀다가 떨어져 팔이 삔 일, 황달이 걸리고 부스럼이 생겨 병원에 다니던 일, 걸핏하면 체해서 엄마 등에 업혀 침 맞으러 가던 기억, 연탄가스에 중독되어 괴로워하던 일, 길 가던 애에게 공연히 돌멩이를 던졌다가 얻어 터진 일, 다섯 살쯤 되었을 때 동네 할아버지가 준 막걸리를 마시고 춤추다가 어지러워 엉엉 울었던 일, 시장에 가다 엄마가 화분에 물 줄 때 쓰는 물뿌리개를 안 사준다고 진흙

바닥 위에서 데굴데굴 구르던 기억, 산불 내고 도망치던 일…… 하여튼 잔병 치레도 많았고 엄마 속도 많이 썩였습니다.

이렇게 얘기하면 제가 특별한 개구쟁이 같지만, 아닙니다. 아마 그 험한 60년대를 어린 시절로 살았던 사람들이라면 대부분 저 못지 않게, 아니 더 개구쟁이였을 겁니다.

사내아이 누구나 그렇겠지만 저 또한 호기심이 많아서, 누가 뭘 하면 기어코 따라서 해보았으며, 누가 뭐라든 꼭 저질러봐야 속이 풀렸습니다. 저는 아무것도 무섭지 않았습니다.

아, 그 시절 아버지만 빼고.

일기를 쓸 때면 늘 등장하는 표현이 '호랑이' 같은 아버지였으니까요. 반면 어머니는 '순하다' 라고 썼는데, 그게 동물한테나 쓰는 표현이지 어른한테는 '인자하다' 라고 써야 한다는 것은 고학년이나 되어서 알았습니다.

어쨌든 지금 생각하면 재미있던 시절이었습니다.

동작동 국립묘지는 우리의 놀이터였습니다. 지금과는 달리 그때는 마음대로 들어갈 수 있는 곳이었는데 우리가 놀러 가는 날은 개구리들의 줄초상날이었습니다.

우리들은 개구리를 잡아 재미 삼아 바닥에 팽개치곤 했습니다. 그대로 즉사하는 개구리를 보면 우리는 더욱 흥분해서 더 힘껏 개구리를 바닥에 패대기쳤지요.

왜 그랬는지 지금도 저는 그게 의문이며, 인간이란 그리 선한 존재가 아닐지도 모른다는 생각이 들곤 합니다.

그러던 어느 날, 우리는 말죽거리를 가게 되었습니다.

말죽거리.

지금은 번화한 양재동 일대지만, 그 시절 말죽거리는 우리 흑석동 아이들에게 벽촌의 상징이었습니다. 아니 황량한 들판이었지요.

그래서 그 시절 한국 코미디언들이 만든 웃기는 서부영화 대사 중에, 권총을 찬 후라이보이 곽규석 아저씨가 막둥이 구봉서 아저씨에게 어디서 왔느냐라고 물으면, '말죽거리'에서 왔다고 대답하는 소릴 들으며 모두 낄낄거리곤 했죠.

그 말죽거리에 거대한 미군 쓰레기장이 있었습니다.

미국에서는 거지들도 영어를 하고, 돈 없는 사람도 양담배를 핀다는 농담을 듣던 그 시절, 미국은 천국이요, 미국사람은 천사요, 미제는 하늘나라 것이었습니다.

그러니 쓰레기장도 미군 쓰레기장은 별천지일 것 같았습니다.

우리는 미국 가는 심정으로 미군 쓰레기장을 향해 걸었습니다. 아침 일찍 떠나야 저녁에 돌아올 수 있다는 멀고먼 길. 어른이 된 지금도 흑석동에서 양재동까지는 먼 길입니다. 한 이십리 길은 될 겁니다.

동작동 국립묘지를 지나가니 시골길이 펼쳐지고 있었습니다. 소 달구지가 지나다니는 진흙길을 간신히 지나고 나니 논두렁길이 나왔습니다.

한 번도 내가 접해보지 못한 풍경이었지요.

그렇게 얼마 안 가, 초등학교 1학년 때 같은 반의 '종이' 라는 남자애를 만났습니다. (이상한 일입니다. 그 아이의 이름이 지금도 기억되다니, 이상한 이름이라서 그런 것 같습니다. 분명히 그의 이름은 종희가 아니라 그냥 종이였습니다.)

"너 어디 가니?"

종이가 물었습니다.

"말죽거리."

그 친구는 피식 웃었습니다.

"쓰레기장 가는구나."

그는 이미 갔다왔다고 했습니다.

"……너네 집 어디냐?"

그 친구가 가리키는 곳에 이발소가 있었습니다. 종이 아버지는 이발사였습니다. 그런데, 황량한 벌판 한가운데 우뚝 서 있던 이발소는 지금 기억에, 마치 미국 서부영화에 나오는 외딴 집처럼 보였습니다. 주변에 인가도 보이지 않는 그 외딴 이발소를 찾아와서 이발을 하던 사람들은 과연 누구였을까요?

조무래기들은 그곳으로 가서 물 한 모금을 얻어 마신 후 다시 길을 재촉했습니다.

한낮의 뙤약볕 밑을 걷고 또 걸었습니다. 일곱, 여덟 살 먹은 아이들에게 그 길은 정말 멀고 멀었습니다. 기진맥진한 채 도착한 벌판에, 과연 거대한 쓰레기장이 있었습니다.

악취는 별로 나지 않았던 것으로 기억됩니다. 우리는 외계에 도착한 우주인들처럼 쓰레기더미를 조심스럽게 헤집고 다녔습니다.

그곳에서 우리가 주웠던 것은, 뭣에 쓰는 것인지는 모르겠지만, 침 같은 것, 그리고 고무줄, 압정…… 그 정도 외에는 전혀 생각이 나지 않습니다. 벌써, 36년, 37년 전의 일이니 일제시대만큼의 세월이 흘렀군요.

어쨌든 제 뇌리에는 미군 쓰레기장은 참 크다는 것, 미국사람 쓰레기는 우리 쓰레기와 많이 달라서 보아도 잘 모르겠다는 것 등등이 남아 있습니다.

여덟 살 그 시절, 그 하루 동안의 여행은 제게 큰 모험이었습니다.

월남전 참전

TV가 없던 어린 시절, 저와 동생은 KBS 라디오의 어린이 방송을 듣곤 했는데, 지금은 난타로 유명한 탤런트 송승환 씨가 어린 나이에 진행을 맡았던 기억이 나는군요. 재미있는 연속극을 들으며 끝없는 상상을 펼쳤습니다.

초등학교 1학년 때인 1965년, 학교에서 맹호부대 노래를 배웠습니다.

자유통일 위해서 조국을 지키시다…… 그 이름 맹호부대 맹호부대 용사들아…….

쌀쌀한 늦가을 비탈길을 뛰어가며 이 노래를 부르던 기억이 납니다.

그런데, 노래는 상상을 낳았고, 상상은 거짓말을 낳았습니다.

동네에서 놀다가 넘어져서 팔이 피투성이가 된 적이 있었어요. 오전에 다친 탓에 오후반이었던 저는 제대로 치료도 받지 못하고 피와 시뻘건 머큐로크롬이 뒤범벅된 팔을 들고 그대로 학교로 가게 되었습니다. 그렇게 학교를 걸어가던 제가 마치 월남전에서 부상당한 군인 같다는 생각이 들었습니다.

과연 학교에 가니 아이들이 저의 시뻘건 팔을 보고 놀라서 묻기에 이렇게 대답했지요.

"월남에서 베트콩하고 싸우다가 다쳤다."

이런 터무니없는 거짓말도 자꾸 하니까 먹히더군요.

믿어지지 않겠지만 정말입니다. 아이들이란 너무 순수하고 때로는 미련해서 쉽게 속아넘어갑니다.

저는 아이들이 속아넘어가는 것이 좋아서 며칠 동안 계속 거짓말을 해댔지요.

라디오에서는 매일같이 전과가 발표되었습니다.

베트콩은 늘 수십 명, 수백 명씩 죽었고, 한국군은 극히 적은 전사자, 약간의 부상병만 있었습니다.

저는 그 얘기를 들으며 팔이 아픈 동안, 마치 월남전에 참전했던 군인처럼 어깨에 힘을 주고 다녔지요.

막연한 이탈에 대한 동경 때문에 그랬을 겁니다. 아이들은 거짓말 속에서 상상력을 키워나가니까요.

첫번째 나 홀로 여행

　제가 아기였을 때의 별명은 호두닥이었다고 합니다. 엄마 뱃속에서부터 발길질을 해대더니, 세상에 나와서도 한시도 가만히 있지 않고 손과 발을 '호드득' 거려서 별명이 호두닥이었다는 겁니다.

　그래서인지, 저는 자라면서 겉으로 보면 말 잘 듣는 장남이었지만, 늘 속은 활화산처럼 불타고 있었습니다. 제멋대로 하고 싶은 욕망이 늘 끓어오르고 있었지만 저는 힘이 없었습니다.

　아버지는 거인과도 같았습니다. 육군장교였던 아버지는 집념이 강했고 규율을 좋아했으며 늘 공부만 강요했습니다. 어린 시절, 독재자인 아버지의 권위에 도전한다는 것은 상상 속에서도 불가능했습니다.

　하지만 초등학교 고학년이 되면서 반항은 은밀히 시작되었습니다. 흑석동에서 불광동으로 이사온 후, 거의 매일, 돌산에 올라 아이들과 전쟁을 벌였습니다. 작은 동굴을 발견해 우리들의 아지트를 만들고 절벽을 기어오르는 훈련도 했고, 가끔 산동네 아이들과 전쟁을 벌이기도 했습니다.

가끔 조폭들처럼 동네에서 패싸움도 벌였지요. 부엌에서 식칼을 들고 나오는 용감한 애들도 있었지만, 대개 몽둥이나 '짱돌' 로 싸웠습니다. 가끔 재수없이 머리통이 터지는 아이도 있었지만 대부분의 애들은 용케도 아무 일이 없었습니다.

그것은 우리들만의 세계였습니다. 학교 공부보다 학교를 통해 사귄 아이들과 그렇게 노는 것이 즐거워서 학교를 다녔습니다. 통제 속에서도 작은 이탈은 쉬지 않았습니다.

그것도 익숙해질 무렵 저는 나 홀로만의 탈출을 시도해보았습니다. 그당시 155번 버스는 불광동에서 금호동까지 갔었는데, 저는 무작정 그 버스를 타고 종점까지 갔습니다. 아무 연고도 없는 낯선 곳을 호주머니에 손을 찌른 채 기웃거리며 돌아다녔지요.

친척을 찾아간 것도 아니었고, 무슨 일 때문에 간 것도 아니었습니다. 아무 목적 없이 낯선 거리를 돌아다닐 때, 저는 작은 여행자가 되어 있었습니다.

이발소가 있었고, 가겟집이 있었으며, 정육점이 있었습니다. 겨울이었던 것 같아요. 빙판 진 길, 어둑어둑해지는 하늘을 바라보며 낯선 세상을 돌아다니듯 혼자서 그렇게 짧은 여행을 한 후, 다시 종점으로 돌아와 버스를 타고 집으로 돌아오는 길은 왠지 모르게 쓸쓸하게 느껴졌습니다.

그후로도 저는 가끔 그렇게 혼자 버스를 타고 낯선 곳에 내려 이곳저곳을 거닐곤 했습니다.

아무에게도 말하지 않았고, 아무도 저에게 관심을 기울이지 않았기에, 그 길은 늘 쓸쓸하고 불안했으나, 또한 한없이 달콤했습니다.

친구

　우리 동네에 이상한 친구가 하나 있었는데 저와 죽이 맞아 잘 놀았습니다.

　죽은 쥐꼬리를 잡아 빙빙 돌리거나, 개구리를 잡아 눈과 코에 고춧가루를 묻힌다거나, 멀쩡한 개미집에 물을 붓거나 삽으로 파버리는 일들은 다반사였지요.

　한번은 눈이 엄청나게 온 날, 우리는 새벽같이 일어나 큰 눈덩이를 만들어, 늘 얄밉게 굴던 '밤비'네 집 문 앞에 처박아 세워놓은 적도 있습니다.

　밤비네 아버지는 60년대 중반, 그 당시 이미 서구화, 세계화 되어 있어서 아들 삼 형제의 별명을 밤비, 미키, 끼끼라고 지어줄 정도였는데, 김치국, 김숭배, 이기경, 최윤석, 박영수 등등의 평범하고 조금은 이상한 이름을 갖고 있던 우리들은 그 집 아이들을 미워했습니다

　결국, 밀고 나와야만 열리던 대문은 그날 아침 커다란 눈덩이 때문에 열리지 않아, 그애 아버지는 직장에 출근하지 못했다고 하던가요. 아무리

난리법석을 떨어보았자, 컴컴한 새벽에 한 일은 누가 그랬는지 증거가 남지 않는 법이니까요.

같이 눈덩이를 굴린 그 친구는 잠자리를 먹어치운 적도 있었어요. 날개를 떼고 성냥불로 몸통을 구은 후 우적우적 씹어 먹어버린 것이지요. 늘 행동통일을 하던 저도 그때만은 따라할 수 없었습니다.

옆 동네애들과 눈싸움을 할 때면 그 친구는 자기 집 변소에서 똥 한바가지를 퍼왔지요. 눈을 뭉칠 때 그 안에 팥고물 넣듯이 똥을 찍어 넣었습니다. 잘만 묻히면 던지는 사람은 똥 묻을 일이 없었으나 맞는 사람 옷에는 어김없이 똥 파편이 튀었지요.

신났습니다. 모든 것이 신났습니다. 우리는 남들이 하지 않는 '짓' 을 하는 데서 묘한 쾌감을 느끼곤 했습니다.

한번은 우리 동네에 이상한 사람이 이사온 적이 있습니다.

그 집 주인은 갑자기 멀쩡하던 담을 두 배로 높이고, 우리가 농구골대로 삼던 전봇대에 가시철망을 감아놓았으며, 매일같이 집 안에서 리어카로 흙을 파내었습니다. 지하실을 만드는 것 같았습니다.

우리들은 화가 머리끝까지 솟아올랐고 어른들은 수군대기 시작했습니다.

"저 집 간첩집 아녀?"

어느 날 제 친구는 자기 집에서 쓰다 남은 빨간 페인트를 집어들었어요. 그리고 멀리 떨어진 시장에서부터 그 집까지 담벼락에 붉은 화살표를 그

어대기 시작했지요. 그리고 그 위에 이렇게 썼습니다.

나는 간첩. 나는 간첩. 나는 간첩…….

그 글자와 화살표는 결국 그 이상한 집 앞에 와서야 멈추었습니다.

다음날 펄펄 뛰며 나온 대머리 아저씨는 거의 기절 직전이었습니다. 그렇지 않습니까? 그 살벌하던 60년대 후반, 간첩이라니!

술을 본격적으로 마신 것도 그 친구와였습니다. 자기 엄마가 집을 비운 사이 우리는 상을 폈어요. 진짜 술이 아니라 큰 주전자에 물을 담아놓고 김치를 안주 삼아 그릇에 따라 주었지요.

"자, 한잔 들게…… 이 사장, 허허허."

"어서 들게나, 최 사장……."

물이 목구멍까지 차오를 때까지 우리는 그렇게 마셔댔습니다.

하지만, 그런 일들이 언제까지나 즐거울 수는 없었습니다. 우리는 우리의 행동반경을 넓히기 시작했어요.

버스를 타고 남산공원, 사직공원에 놀러 다니기 시작한 것이지요. 남산공원에서 땀을 뻘뻘 흘리며 먼지를 덮어쓴 채 놀았고 사직공원의 어린이도서관에서는 셜록 홈스와 뤼팽의 추리소설을 읽으며 시간 가는 줄 몰랐습니다.

일상에서 벗어난 그런 작은 이탈들이 있어 그 시절에는 하루하루가 즐거웠습니다.

그런데 아주 이상한 것은, 나이가 조금씩 먹어가며 그런 재미있는 일들이 점점 시들해진 것입니다. 버스를 타고 집으로 돌아올 때마다 가슴이 뻥 뚫어졌고, 집조차 낯설어 보였습니다.

　서서히 저는 말없는 아이가 되어갔고 돌아다니기도 싫어졌습니다. 그 때부터 저는 방에 틀어박혀 책이나 보는 얌전한 소년으로 변하기 시작했 습니다. 사춘기가 시작된 것이지요.

김찬삼 여행기

추첨을 해서 들어간 중학교는 광화문에 있었습니다.

학교에 들어가자마자 한 일은 죄수처럼 머리를 빡빡 민 일이었습니다.

지금 생각하면 정말, 참담한 의식이었습니다.

빡빡 깎은 머리에 검은 교복을 입은 저 자신을 거울 속에서 바라보는 순간, 황당한 웃음이 나왔습니다.

뭐 저런 놈이 다 있나.

제가 그런 모습이 되리라고는 상상도 하지 못했던 것이지요.

어느 날, 학교 갔다와서 동네 모래밭에서 한두 살 어린 아이들과 여전히 뒹굴고 놀던 저는 문득, 이런 생각이 들고 말았습니다.

내가 이 머리 긴, 어린 놈들과 같이 놀아도 되는 건가.

자의식이 생기기 시작한 것이지요.

중학교 다니면서는 산에 가서 전쟁놀이도 할 수 없었고, 작은 이탈도 할 수 없었습니다. 머리를 빡빡 깎고 검은 교복을 입은 저는 지레 주눅이 들기 시작했습니다.

공부는 열심히 했지만 그거야 제가 하고 싶어서 한 게 아니라 아버지가 무서워서 한 것이구요.

학교 생활은 재미없었고, 일상은 단조로웠습니다.

그러던 어느 날 사건이 터졌습니다.

아침에 학교에 가보니 담벼락이 다 무너져 있었습니다. 나중에 알고 보니 고등학생들이 무너뜨렸다는 겁니다.

그 당시 우리 학교에는 B상고가 같이 있었는데, 전해들은 이야기에 의하면, 그 전날 B상고 야간학생들이 수업을 받던 중, 선생이 회초리로 한 학생의 머리를 치며 계속 머리를 깎으라고 그랬답니다. 그 당시 고등학생들은 짧은 스포츠형 머리를 했었어요.

계속 머리를 맞던 학생은 도저히 참을 수가 없었습니다.

흥분한 학생은 벌떡 일어나 책상을 들어 선생을 내리치려고 했고 선생은 그대로 교실에서 내뺐습니다.

그러자 흥분한 학생들은 모두 운동장으로 뛰쳐 나가 외쳤습니다.

"머리 기를 자유를 달라! 우리에게 머리털이 아니면 죽음을!"

이렇게 외치며 농성을 하자 학교측의 신고를 받고 경찰들이 들어오기 시작했습니다. 그러자 도망갈 데가 없던 학생들은 그만 담벼락을 밀어 무너뜨린 후 도망쳐버렸다는 것이지요.

후일 잡힌 주모자들은 경찰서에 끌려가 '빳다'를 맞았답니다. 그런데 어린 중학생들을 감동시킨 것은 바로 이 부분이었습니다. 그들은 맞으며 이런 노래를 불렀답니다.

"저 푸른 초원 위에, 그림 같은 집을 짓고, 사랑하는 우리 님과, 한 백 년 살고 싶네……."

그 당시 유행하던 가수 남진의 노래였습니다.

"야……."

우리는 그들의 무용담을 전해 들으며 감탄하고 말았습니다.

그 무서운 경찰서에서 맞으면서도 노래를 불렀다니.

폐허처럼 무너진 담벼락을 바라보며 우리는 공연히 묘한 흥분을 느꼈습니다.

일탈, 반항…… 우리는 어려서 감히 꿈도 꾸지 못한 것을 공부 못하는 B상고 야간 학생들은 해낸 것입니다.

"그건 별거 아니야. 요 건너, 종로에 있는 J고등학교 애들에 비하면. 걔들은 재단문제가 좀 얽혀 있는 옆의 S공고가 자기들 거라며 선생과 학생들을 다 내쫓고 거길 점령한 적이 있었어. 경찰이 출동하니까 글쎄, 도망가는 게 아니라, 책상으로 바리케이드를 쌓아놓고 싸웠다는 거 아냐. 세상에 그런 깡다구 있는 학생들이 어디 있어?"

늘 재미있는 얘기를 해주던 어느 선생님의 얘기였습니다. (그런데, 후일 제가 추첨을 통해 가게 되었던 학교가 바로 그 유명한 J고였습니다.)

어쨌든 모든 사태는 진정되었고 다시 일상으로 돌아왔습니다.

그리고 중2, 여름방학이든가?

고모 집에 갔을 때, 사진으로 가득 찬 다섯 권짜리 김찬삼 여행기를 읽었습니다. 무지무지 재미있었습니다. 저는 시간 가는 줄 모르고 방구석에 틀어박혀 책을 다 읽었습니다.

아, 이런 세계가 있구나. 가고 싶다. 나도 가고 싶다. 언젠가, 아니 지금 당장…… 이런 학교 생활 집어치우고 어디론가 탈출하고 싶다.

흥분한 저는 집에 돌아와 세계일주에 대한 얘기를 떠들어댔습니다. 며칠 간 것 같아요.

그러던 어느 날 아버지는 김찬삼 선생이 쓴 『끝없는 여로』라는 단행본으로 만들어진 여행기를 사왔습니다. 그 완고하고 엄했던 아버지가, 여행은 무슨 여행, 공부해야지 하며 핀잔을 줄 줄 알았던 아버지가, 청하지도 않았는데 그 책을 사왔던 것입니다.

저는 그 책을 읽고 또 읽었습니다. 그 책에 의하면 김찬삼 선생은 좋아하던 사촌형이 자전거를 타고 국내여행을 하다 교통사고로 죽은 후, 유물을 정리하다 사촌형의 일기장을 보았다고 합니다. 그 일기장에서 언젠가 꼭 세계여행을 하겠다는 글을 보고, 그 꿈을 꼭 자신이 이루겠다는 결심을 했다고 합니다.

그 일기장이 여행가 김찬삼 선생이 태어나게 되는 계기가 된 것인데, 그 김찬삼 선생의 여행기는 다시 수많은 한국의 젊은이들에게 꿈을 준 것입니다.

저도 그중의 하나가 되었습니다. 여행가가 되겠다는 꿈보다, 무작정, 그냥, 저 넓은 세계로 탈출하고 싶었습니다.

만리장성, 인도, 예루살렘, 피라미드, 그리스, 유럽, 마야, 잉카문명……

아, 소년이었던 제 가슴속에는 그때부터 세계가 흘러 들어오기 시작했습니다.

첫 이탈

중3이 되던 해 고등학교 입시가 추첨으로 바뀐다는 발표를 들었습니다. 세상이 개벽하는 소식이었지요.

해방이다.

입시의 중압감에서 벗어난 저는 늘 놀 궁리만 했습니다. 성적은 죽죽 떨어졌지만 집에서도 그리 큰 소리가 나지는 않았습니다.

중3, 여름방학 때, 군대에서 휴가 나온 사촌형을 따라 5박6일간 등산을 했습니다. 제 몸집만한 큰 배낭을 짊어지고, 직장 다니던 큰형과 군인인 둘째형을 따라 무주 구천동으로 향했습니다.

한여름이었지만 무주 구천동 골짜기에는 서늘한 기운이 감돌고, 계곡의 물소리가 온 세상을 뒤덮고 있었습니다.

도시에서만 살며 공부해야 한다는 강박관념에 시달리고 한편으로 온갖 풀 수 없는 인생의 물음 앞에서 방황하던 15세 소년의 가슴을 대자연이 뒤흔들었습니다. 제가 여태껏 보지 못하던 풍경, 사람들이었지요.

구천동 골짜기로 들어가는 버스 안에서 대학생으로 보이는 듯한 남학생들이 목청껏 유행가를 불러대며 터질 듯한 해방감을 주체하지 못했어요. 저도 그들의 열기에 감염되어 가슴이 터질 것만 같았습니다.

저녁나절 도착한 우리에게 민박을 권하던 사람의 말에는 경상도 사투리가 섞여 있었는데, 전라도 지역임에도 불구하고 그곳은 먼 옛날 신라와 백제의 국경선이어서 언덕 너머는 경상도 사투리를 쓰는 사람들이 산다는 것이었습니다. 또한 근처에 신라와 백제를 가르는 나제통문이 있다고 했습니다.

백제, 신라…… 수업시간에나 배웠던 그 실체가 온몸으로 느껴지던 순간이었습니다.

우리는 민박을 했는데, 사람들은 저녁이 되자 모두 코펠과 버너를 꺼내 밥을 하고 된장국을 끓이기 시작했습니다. 큰 사촌형은 야외전축을 갖고 갔었는데 우리가 감자를 깎고 쌀을 씻는 동안 레코드 판을 걸어놓았어요.

예스터데이, 파파, 엘 콘도 파사, 그린 베레 등등의 달콤한 팝송이 흘러나왔고, 주변에서 여대생인 듯한 여자들이 노래를 따라 불렀습니다.

밥을 먹을 때 작은형이 말했어요.

"형, 쟤들하고 같이 놀까?"

놀까?…… 여대생들과…….

제 작은 가슴이 콩닥콩닥 뛰기 시작했지요. 남녀가 철저하게 유별했던 그 시절, 제 어린 마음에 여자들은 외계에 살던 생물이었습니다. 그런데,

여대생과 놀다니…….

"관둬."

늘 소심하고 병약한 큰형이 심드렁하게 말했습니다.

밥을 먹고 일찍 잠자리에 들었는데 잠이 잘 오지 않았습니다.

쉼없이 흘러가는 계곡의 물소리, 상큼한 공기, 어디선가 들리는 여자들의 노랫소리 앞에서 어린 제 가슴은 몹시 설레고 있었습니다.

아침 일찍 일어나 밖으로 나가보니 산 너머에서 안개가 피어오르고 있었습니다. 신비하기 그지 없었습니다.

문득, 세상에 대한 회의와 반항심에 뒤틀려 있던 저의 의식이 부쩍부쩍 크는 소리가 들려오는 것만 같았어요. 공부가 아닌 자연이 저를 새롭게 만들고 있던 것이지요.

아침 일찍 산행은 시작되었어요. 배낭은 제가 지기에 너무 무거웠습니다. 몇 걸음만 걸어도 어깨가 빠지는 것 같았어요. 그러나 저는 이를 악물고 걸었습니다. 저 때문에 산을 못 탄다는 소릴 듣고 싶지 않다는 오기 때문이었습니다. 난생 처음 져보는 무거운 배낭이었지만 금방 적응해갔습니다.

아, 구천동 계곡은 세계 최고의 계곡일 것입니다. 세계의 곳곳을 다녀보았지만 이렇게 퀄퀄 넘쳐 흐르는 물이 가득 찬 시원한 계곡은 흔치 않습니다.

정말 우리 산하는 아름다웠습니다. 그 아름다운 산, 계곡을 걷는 순간들이 너무 좋았습니다. 미지의 세계로 한 걸음, 한 걸음 빠져들고 있다는 사실이 어린 제 가슴을 뿌듯하게 했습니다. 제가 어른이 되어가고 있는 것만 같았어요.

그러나 엄청난 시련이 뒤따랐습니다.

중간부터 가파라지기 시작한 길은 너무도 힘들었지요. 경사가 60, 70도는 되어 보이는 듯한 길을 모두 헉헉거리며 전투하듯 오르는 동안 어깨는 끊어질 것 같았고, 탈진할 것만 같았습니다. 끝에 와서는 거의 기다시피 해 올라갔고, 거의 정상에 올랐을 때는 탈진해서 등산로에 나가 떨어지고 말았습니다.

서서히 몰려오던 서늘한 구름이 저를 깨어나게 했고, 가까스로 주봉에 올랐을 때 저는 세상에 태어나 가장 짜릿한 기쁨을 누릴 수 있었습니다.

아득히 멀리 푸른 산줄기들이 뻗어나가고 있었습니다. 그 정상에서 어린 나이의 저는 마치 세상을 정복한 사람처럼 스스로를 자랑스럽게 여겼습니다.

그렇습니다.

아이들은 결코 아이들이 아니었습니다. 아이들도 의미를 찾고, 고통을 감수할 줄 압니다. 다만, 그 고통의 의미를 스스로 납득하지 못할 때, 회의하고 반항하는 것이 아니겠습니까?

비가 오기 시작했지만 우리는 정상을 넘었고 그후 대둔산, 계룡산, 속리산을 탔습니다. 저에게는 모두 힘든 산행길이었지만 언제나 낙오하지 않았습니다.

그 험한 산행길을 마치고 서울로 돌아오던 길, 멀리서 불빛이 보일 때, 가슴이 뭉클해지고 있었습니다.

제 경험에 대한 뿌듯함과 함께 제가 자라온 곳, 부모, 친구, 학교가 소중하게 느껴지고 있었지요.

5박6일의 그 짧은 산행은 반항적이던 저를 긍정적으로 변화시켰습니다. (그것도 잠시였지만…….)

비록 부모님의 간섭은 여전했고, 학교는 억압적이었으며, 삶의 의미와 공부의 의미를 찾지는 못했지만, 자연의 정기, 산을 오르면서의 거친 체험이 저를 활기차게 만들었습니다.

우리 학교

제가 만약 학창시절, 스스로 모험을 즐기는 여행을 하며 호연지기를 계속 키웠다면, 저는 더 씩씩하게, 더 성실하게 학교생활을 했을 것 같습니다. 그 모든 회의와 반항에 함몰되지 않고 맑고 씩씩한 기운을 갖고 용감하게 앞으로 전진했겠죠.

그러나 제 산행의 기회는 스스로 쟁취한 것이 아니라 위로부터 주어진 것이었습니다.

민중에게든, 개인에게든 거저 얻은 자유란 얼마나 허약합니까? 결국 위에서 회수하면 도로아미타불이며, 그대로 갖고 있어도 방종하게 되어 타락하기 일쑤 아닙니까?

진정한 자유는 반항과 투쟁을 통해 스스로 쟁취해야 하며, 또한 스스로의 절제를 통해 유지된다고 저는 지금도 생각합니다.

그 과정을 겪지 않은 사회가 자유와 평등의 사회가 될 리 없고, 그 과정을 극복하지 않은 인간이 제대로 어른이 될 리 없습니다. 그렇지 않겠습니까?

그 당시 어렸던 저는 정신적, 육체적으로 그 자유를 쟁취할 능력이 없었습니다. 아버지에게서든, 학교에서든, 사회에서든.

저는 그들이 짜놓은 틀 속에서 일단은 살아갈 수밖에 없었습니다. 차츰 삶이 시들해지고 학창시절은 재미없었습니다.

그렇게 어정쩡한 상태에서 고등학교에 들어갔습니다. 추첨이 저를 보낸 곳은 종로에 있는 그 유명한 J고등학교였어요.

"야, 그 깡패학교!"

그곳에 배정받았을 때, 건들거리던 같은 반 친구는 부럽다는 듯이 외쳤지요.

깡패.

그래, 깡패가 되자.

가슴 한편에 그런 생각이 들고 있었습니다. 마음 속 반항심을 그렇게라도 풀고 싶었던 거지요. 중3 때부터 배운 호신술을 조금만 더 연마하면 검은 띠를 딸 수 있는 찰나였기에 자격은 될 것 같았습니다.

그런데, 깡패가 되는 게 그리 쉬운 일은 아니었습니다.

등교 첫날, 저는 교문에서 규율부 선배에게 얻어터졌습니다. 가방 드는 폼이 건방지다는 거였습니다. 왜 건방졌는지는 지금도 모르겠습니다만, 글쎄 그 선배는 알까요? 어쨌든 저는 따귀를 맞은 후 들어갈 수 있었습니다.

둘째날은 밥 먹다 두들겨맞았습니다. 점심시간이 되어 도시락을 펴놓고 밥을 먹는데 갑자기 우르르 고2 선배들 대여섯 명이 몰려 들어왔어요.

"이 새끼들, 누가 밥 먹으랬어. 전부 책상 위로 기어 올라가."

우리는 밥 먹다 말고 모두 죄인처럼 책상 위로 올라가 무릎을 꿇었습니다.

선배들은 우리 소지품을 검사하기 시작했지요. 이쪽저쪽에서 퍽퍽 소리가 나기 시작했구요. 담배 가진 애들이 걸린 거죠. 담배를 피우지 않았던 저야 아무 걱정이 없었는데, 다른 일 때문에 맞고 말았습니다.

"어쭈, 거기 안경, 졸아? 이리 나와."

분명히 말하지만 저는 졸은 게 아니었어요. 그냥 밑을 내려다보고 있을 뿐이었습니다. 걸어나간 저에게 다짜고짜 손이 날아왔고 눈앞에 별이 번쩍였습니다.

"안 졸았는데요."

그렇게 항변하는 저에게 다시 손이 날아왔습니다.

두어 대 더 때린 후, 선배가 다시 물었어요.

"졸았어? 안 졸았어?"

"안 졸았……."

"퍽."

"졸았습니다."

"들어가."

저는 그냥 들어가다 다시 맞았습니다. 경례를 안 했기 때문이지요.

"정직!"

경례를 하고 돌아서다 뒤통수를 다시 맞았어요. 목소리가 작아서였지요.

씨발…… 이게 무슨 학교인가.

깡패가 되어보고자 했던 마음은 그때 사라지고 말았던 겁니다.

어떤 친구는 웃었다가 맞았습니다. 맞고 나서 크게 외치며 경례를 하고 들어갔는데 그래도 맞았습니다. 다시 목이 터져라 외치며 경례를 하고 돌아섰는데 또 맞았습니다.

"니가 왜 맞는지 알아?"

"모르겠는데요?"

"내가 경례 받기도 전에 너 혼자 경례하고 들어가면 안 되지이이."

이런 학교였습니다.

한바탕 소동이 끝난 후, 고2 선배가 교단 위로 올라갔습니다. 알랭드롱처럼 생긴 멋진 선배였는데, 나중에 알고 보니 그는 학생회장이 아니고 어느 주먹 클럽 중간보스였어요.

"에, 여러분이 우리 학교에 들어온 것을 쌍수를 들어 환영한다. 우리 학교 학생은 공부도 잘하고 싸움도 잘하는 싸나이들이다. 너희들, 기죽지 마라. 광화문 지하도를 경계로 저쪽은 B고 애들 구역이고, 이쪽 무교동은 우리 구역이다. 가슴 펴고 다녀. 에, 그리고 선배는 하나님과 동기동창이다. 거리에서 선배를 보았을 때 경례를 안 하거나 복창소리가 작으면 죽음을 각오하라."

그뒤 우리는, 지하도에서건 길에서건 선배만 보면 목이 터져라 외치며 경례를 했습니다.

다른 반에서는 이런 일도 있었습니다. 한 친구가 결석을 하자 담임선생님이 단체기합을 주었어요.

"급우는 동고동락해야 한다…… 에, 한놈이 결석했으니까 모두 단체기합을 받기로 한다."

선생님은 팔도 안 아픈 듯, 60여 명 되는 아이들을 패기 시작했지요. 그 젊은 선생님도 J고 출신이었어요.

다음날도 그 친구는 안 나왔습니다.

"음, 오늘도 결석인가? 앞줄부터 나와라……."

아이들은 거의 미칠 지경이 되었습니다. 얼굴도 모르는 놈이 결석했다고 자기들이 맞아야 했으니까요. 사실 그들이 무슨 죄입니까?

아이들은 때리는 선생보다는 결석하는 애를 더 미워하기 시작했습니다.

도대체 어떤 놈인지 나오기만 해봐라, 죽여버린다.

그렇게 이를 갈며 맞다가 2주일이 흐른 후, 드디어 그 친구가 나왔습니다. 양쪽 다리를 절룩거리며 나타나는 아주 노티 나는 친구를 보는 순간, 아이들은 모두 입을 다물어버렸습니다. 소아마비인데다, 나이가 우리보다 두 살 위였던 거지요.

어린 시절 두 살은 큰 차이입니다. 정체 불명의 고3 같은 친구 앞에서 아무도 그를 비난하지 않았고, 다만 나온 것만으로도 고맙게 여길 뿐이었습니다.

"음, 나왔는가? 앞으로 결석하지 마라."

담임선생은 간단한 훈계로 넘어갔으니, 2주일 동안 맞은 다른 아이들만 억울할 뿐이었지요.

하여튼 이런 학교에 들어간 저는 정신을 차릴 수가 없었습니다.

아버지에게 그런 얘기를 했더니, 껄껄 웃으며 말했습니다.

"녀석들, 꼭 군대 같네."

그렇습니다. 우리 학교 분위기는 삭막한 군대 같았고, 우리는 군인처럼 몇 달 뒤 전쟁을 벌였습니다.

전쟁

전쟁의 발단은 이렇습니다.

그 당시 광화문에 있던 B고 아이들도 거친 것으로 둘째 가라면 서러워했는데, 그 옆 학교 E여고 학생들 행사 때 말썽을 피웠지요. 열이 받친 E여고 학생들은 무슨 행사인지는 모르겠지만 하여튼 옆의 B고 학생들은 초청 안 하고, 멀리 떨어진 곳에 있는 다른 고등학교 학생들을 초청한 겁니다.

이에 분노한 B고 학생들은 그 다른 고등학교까지 가서 그곳 학생들을 패주었고, 돌아오는 길에 사건이 터진 겁니다.

B고 녀석들이 밤에 도서관에서 공부하고 돌아가던 우리 학교 학생들을 건드린 것이지요. 이유 없이 두들겨맞은 학생은 도서관으로 뛰어가 사태를 알렸고 도서관의 아이들은 하나도 남김 없이 거리로 뛰쳐나갔습니다. 물론 수업을 받던 야간 학생들도 모두 뛰쳐 나갔지요.

이놈들이 잠자는 사자의 콧털을 건드렸것다.

아무 상관없는 일로 우리 학교 학생을 때렸다는 것이 죄가 아니라, 감히 우리 학교를 건드렸다는 그것이 그들의 큰 죄였지요.

분노한 아이들은 그날, 그 당시 학원이 많이 밀집해 있던 종로일대를 돌아다니며 B고 학생들을 골라서 패기 시작했습니다.

그렇게 전쟁이 시작되었습니다.

사자와 호랑이의 전쟁.

우리는 전통적으로 사자 학교였고 상대방은 호랑이 학교였는데, 옛날부터 앙숙으로 늘 싸워오다 이번에는 그쪽에서 먼저 우리를 건드린 것입니다.

다음날 얻어터진 B고 애들은 밤이 되어 교가와 응원가를 부르며 떼로 몰려와 종로를 헤집고 다녔지요. 그 다음날은 우리 학교 애들이 J고 '곤조가'를 부르며 광화문을 휩쓸고 다녔구요.

드디어 전면전이 일어난다는 소문이 돌던 날, 학교에서는 우리들을 일찍 하교시켰고, 절대로 광화문 근처에 가지 말라고 했습니다.

그때 저는 1학년짜리로, 나서서 싸움은 하지 않았지만 이 싸움이 흥미진진해서 도대체 견딜 수가 없었습니다.

학교가 파한 후, 저는 홀로 광화문 거리를 걸어보았습니다. 평화로운 거리였어요. 아직 B고 학생들은 보이지 않았는데, 아, 그 거리에서 우리 담임선생님을 만났습니다.

"야, 여기 웬일이야?"

선생님은 깜짝 놀라서 외치고 말았습니다.

"……그림물감 사려고 왔는데요."

선생님은 거짓말하는 저를 버스 정류장까지 끌고 가 버스에 태웠습니다.

그날 저녁, 광화문 지하도에서는 각목을 든 학생들이 난무하는 전면전이 터졌고, 수많은 학생들이 부상당했으며, 선생님들도 싸잡혀서 유치장에 잡혀갔답니다. 그 사건은 너무 엄청나서 일간지 사회면에 실릴 정도였습니다.

전면전은 가라앉았지만 국지전은 계속 발생했습니다.

"J고는 져본 적이 없다."

싸우라는 말은 안 했지만, 선생님들 중에 J고 출신이신 한 선생님은 그런 의미심장한 말을 던지곤 했는데, 우리는 그런 말을 들으며 다시금 전의를 불태웠습니다.

계속 전투가 벌어지자 결국 교장선생님이 나섰습니다. 조회시간에 교장선생님은 이렇게 말씀하셨습니다.

"에, 전과를 발표한다. 저쪽은 부상이 ○○명, 우리는 부상이 ○○명이다. 그러므로 우리가 이겼다. 자, 만세 삼창을 부르자."

"만세, 만세, 만세!"

우리는 흥분해서 만세를 불렀습니다.

"그러니, 제군들은 이제 그만 하고 다시 학생 본연의 임무로 돌아가야

高等學校

한다. 우리는 싸움만 잘하는 깡패학교가 아니라, 공부도 잘하는 싸나이의 학교다. 불의를 보면 참지 못하지만, 더 큰 것을 위해 참을 줄도 알아야 한다. 그것이 싸나이다."

아, 우리는 감격하고 말았습니다. 학교 생활 중 그때만큼 감격했던 적은 없을 겁니다.

그렇습니다. J고는 깡패학교가 아니었습니다. 서울대학교를 한 해에 수십 명씩 보내는 전통을 가졌으되, 싸움도 잘하는 사나이의 학교였던 것입니다.

승리에 도취된 우리는 다시 본연의 자세로 돌아가기로 했습니다. 그렇게 싸움이 가라앉는 줄 알았습니다.

그러던 어느 날 경복궁에서 백일장을 할 때였어요.

고2 선배들 몇 명이 선생님들에게 잡혀갔지요.

그들은 어마어마한 일을 계획하고 있었는데, 그중 한 명의 부모가 그 계획을 눈치채고 학교에 신고를 한 것입니다.

그들은 B고등학교를 급습하려 했던 것입니다. 몇 날 몇 시까지 정해놓고 몇 시 몇 분에 교장실과 방송실을 점령한 후, 인질로 잡은 B학교 교장을 통해 직접 사과성명서를 발표하게 하려고 했다는 거지요. 물론, 미리 신문사에 알려 기자들도 오게 하고…….

교장을 인질로 잡고 매스컴에 발표를 하게 한다…… 까까머리 고등학교 2학년 학생들의 이런 테러리스트적인 발상은 우리 후배들에게는 가히

영웅적으로 비쳐졌습니다. 미수에 그치긴 했지만 우리 고1들이 그런 고2 선배들을 어찌 존경하지 않을 수 있었겠습니까?

그후에도 종종 싸움은 일어났는데, 제가 고3이 되어 시험이 끝난 후 영화관에서 영화를 볼 때였습니다. 갑자기 화면 위에 시커먼 교복을 입은 학생 하나가 올라와서 크게 외쳤어요.

"J고 선배님들 안 계세요? 지금 밖에서 싸움 났어요."

그러자 객석에서 일어난 학생들 수십 명이 모두 책가방을 끼고 우르르 밖으로 몰려나갔습니다. 물론 저도 그중의 하나였지요.

그 시절, 숨막힐 듯한 공부, 답답한 일상에 질식되어 있던 혈기 넘치는 우리는 무엇이든 벌어지기를 원했습니다.

큰 이탈을 할 수 없었기에 그토록 작은 이탈에 몰두했나 봅니다.

용광로 같은 학교

1학년 때인 1974년, 문세광의 박 대통령 저격사건이 있었습니다. 육영수 여사가 세상을 뜨자 그 아들 박지만이 있었던 중앙고등학교 학생들은 데모를 벌이기 시작했지요.

우리 학교도 초기에 파고다학원에서 성명서를 발표했으나, 그후에는 침묵을 지켰습니다. 일본대사관이 바로 옆에 있어서, 늘 아이들의 뜨거운 구호 소리가 우리의 피를 끓게 했지만 이상하게도 선배들은 꿈쩍도 하지 않았습니다. 대신 교문 앞에서 'J고 나와라'를 외치던 다른 학교 학생들을 잡아, "이것들이 감히 어디 와서……"라며 흠씬 패주었다는 소식만 들려왔지요.

하여튼 우리 학교 학생들은 나서기는 좋아하지만 남의 뒤를 쫓아다니기는 너무도 싫어한 것 같습니다.

그러던 중 10월 말, 박정희의 10월유신에 반대하는 삐라가 교내에 퍼졌습니다.

물론 학교는 발칵 뒤집혔지요.

그후, 주모자들이 잡혀갔는지는 모르겠는데, 뒷소식이 들리지 않는 것으로 보아 주모자가 누구인지는 발견되지 않은 것 같습니다.

어린 마음에도 군사정권에 대한 반독재의식이 싹트고 있었고, 동아일보사 광고사태 때는 자발적으로 학생들이 나서서 돈을 모아 광고를 내기도 했었습니다.

그 시절, 그 억압적이고 폭력적인 분위기 속에서 피가 뜨거웠던 우리는 모두 분출구를 찾기 위해 끙끙거렸습니다. 그 대상이 부모든, 학교든, 사회든, 정치세력이든, 옆 학교 학생이든, 길거리의 깡패든 상관없던 거지요. 지금 생각하면 우리는 정말 모두 걸어다니는 폭탄들이었습니다.

이 폭탄들을 그냥 터지게 할 수는 없었기에, 우리 학교 선생님들은 학생들을 가혹하게 다루었습니다.

제가 보기에 선생님들은 더 위험한 폭탄들이었습니다. 한번 때리면 보통 100대, 에누리 없이 정말 몽둥이로 100대를 때렸고, 손바닥으로 따귀를 때리면 맞은 학생은 몇 미터 정도 날아갔지요. 손을 때려도 바닥이 아니라 교탁 위에 손을 얹어놓고 손등과 손가락을 몽둥이로 때릴 정도였으니까요.

태권도 몇 단, 검도 몇 단, 유도 몇 단…….

무서웠습니다. 지식으로나 육체적으로나 선생님들은 우리를 압도했습니다. 개성들도 너무 강해서 '저 사람이 정말 선생일까' 라는 의심이 들 정도로 이상한 선생님들이 많았습니다. 그런데 나이가 먹을수록, 동창끼리 모이면 그런 선생님들을 더 그리워하니, 알 수 없는 일입니다.

한번은 좀 유별났던 친구 둘이 점심시간에 학교를 빠져 나와 근처 중국집에 갔다가 병원에 실려간 사건이 발생했어요. 두 놈이 고량주를 몇 병이나 마셨는지, 하여튼 2층에서 내려오다 계단에서 굴러 떨어진 것이지요. 정신을 잃은 채 구급차에 실려 병원으로 간 그들은 호스로 위에 있는 술을 뽑아낸 후, 하루 정도 입원해 있다가 나왔어요.

그중 한 놈은 돌아와서 "간호원 하나가 빨간 빤쓰를 입었는데, 아, 그것이……" 이런 사실 같은 거짓말을 늘어놓았지요.

어쨌든 그들은 담임선생님에게 불려갔는데, 우리는 그들이 이제 죽은 거나 다름없다고 생각했습니다. 그 선생님은 검도가 5단에 학교에서 둘째가라면 서러워할 정도로 아이들을 잘 팼습니다.

그런데 잠시 후 그들은 희색이 만면해서 돌아왔어요.

"뭐라 그러디?"

"으응…… 다음부터는 독한 술 마실 때는 고기 안주를 꼭 챙겨 먹으라고 하더라."

"야……."

그후 괜찮은 대학에 쑥쑥 들어갔던 그 친구들이 그 선생님을 얼마나 존경했는지는 뻔하지 않겠습니까?

한번은 이런 일도 있었어요.

수학시간에 선생님이 칠판에 적힌 문제를 아이들에게 시켰는데 어떤 아이가 몰래 자습서를 갖고 나가 그것을 베끼다 들켰습니다. 물론 맞았지요. 맞을 짓을 했으니까 그냥 맞고 끝나면 될 일을, 그것도 의리라고 한참 맞고 있는 친구를 불쌍히 여겨, 다른 친구가 한마디 한 게 화근이 되었습니다.

"선생님, 한 번만 봐주세요."

"뭐야, 어떤 놈이야?"

선생님은 그 말을 듣자 더 흥분해서 그 말을 한 아이를 패기 시작했습니다.

"이놈의 새끼, 내가 지금 너희들하고 딱지치기 하는 줄 아나? 한 번만 봐달라니, 봐주기는 뭘 봐…… 그래 실컷 봐주마, 봐라, 봐, 이놈의 새끼……."

실컷 맞은 친구는 들어오며 코피를 줄줄 흘렸고, 그와 조금 친했던 저는 제 손수건을 던져 피를 닦게 했었지요. 그날 수업은 아마 맞다가 끝났을 겁니다.

그런데 졸업 후 1년 정도 된 어느 가을날, 신촌의 어느 육교를 건너다 그 선생님을 다시 만났습니다. 공교롭게도 자습서 들고 베끼던 녀석, 코피 흘리던 녀석 모두 같이 있었습니다.

아, 그때 그 선생님이 얼마나 반갑던지.

제일 반가워하는 친구들이 바로 늘씬하게 얻어터졌던 녀석들이었습니다. 아쉽게도 선생님께서 바쁜 약속이 있어서, 술이라도 한잔 하자는 우리들의 청은 거절되었습니다.

그런데, 제 생각에 선생님은 우리들을 잘 기억하지 못하는 것 같았어요. 그리고 그 아이들이 자신에게 얻어터졌던 아이들인지도 잘 모르는 것 같구요. 때린 아이가 어디 한둘이겠습니까?

하지만 그런 것과는 상관없이 우리는 정말 반가웠습니다.

지금도 그런 선생님들이 많이 기억납니다.

학교 내분에 휩싸여 궁지에 몰리다가 교무실에서 태극기를 머리에 두르고 "나는 간첩이 아니다"라고 외친 후 과도로 자신의 배를 수십 번 찔렀으나, 날이 무뎌서 살아났다는 어떤 선생님도 있어서 우리를 경악케도 했지만, 그 선생님조차 우리는 좋아했습니다.

그 선생님 수업 시간에는 이런 일도 있었습니다.

한참 수업을 진행하고 있는데 갑자기 한 녀석이 벌떡 일어나더니 외쳤습니다.

"야, 알리가 KO로 이겼다!"

그 녀석의 귀에는 이어폰이 꽂혀져 있었어요. 트랜지스터로 몰래 무하마드 알리와 조지 포어먼의 헤비급 타이틀 전을 듣고 있던 겁니다.

모두들 깜짝 놀라 그를 쳐다보았지요. 이제 죽었구나 하는 생각이 드는 찰나 선생님이 말했습니다.

"뭣이라, 알리가 이겼다고…… 이건, 분명 마피아의 개입이 틀림없다.

그렇지 않냐. 너희들 포어먼이 알리나 조 플레이저 쓰러뜨리는 것 봤지? 그런 놈이 어떻게 그 늙은 알리에게 쓰러진단 말이냐?”

선생님은 직접 리시버를 귀에 꽂고 열심히 듣기 시작했고, 나머지 수업 시간은 과연 이 시합에 마피아가 개입했는가 안 했는가에 대한 토론으로 보냈습니다.

그런 선생님이 사실은 장안에서 가장 실력 있다고 소문난 선생님이었지요.

어쨌든 제가 다니던 학교에는 재미있고, 괴상하고, 존경스러운 선생님들이 많았습니다.

저는 부글부글 끓는 용광로 같은 그 학교를 꾸역꾸역 잘도 다녔습니다.

반항아들

아무리 용광로 같은 학교라도 일상은 지겨웠습니다.

공부도 지겨웠고 억압적인 분위기도 지겨웠지요. 수업을 하다가 그냥 뛰쳐 나가고 싶은 충동을 간신히 억누르며 하루하루를 버텼습니다.

그 지겨움을 이기기 위해서 우리는 서로를 웃겨야 했습니다.

이런 식이지요.

지리선생님이 대학을 졸업한 후 갓 부임한 여선생님이었습니다. 첫 학교가 우리 학교였으니 얼마나 힘들었겠습니까?

그 여선생님은 우리의 밥이었습니다.

하루는 수업시간 중간에, 창가에 앉은 아이가 소리를 질러대기 시작했습니다.

"어어어어……."

모두 놀란 아이들은 갑자기 창가로 달려들기 시작했지요. 저쪽 편에 있던 아이들은 급한 마음에 책상을 밟고 뛰어오고…… 교실은 순식간에 아수라장으로 변하고 말았습니다. 그 여선생님도 당황해서 아이들과 같이 부대끼며 밖을 내다보았습니다.

무슨 큰 사건이라도 터진 줄 알았는데…… 아무것도 없었습니다. 인적도 끊긴 골목길은 조용하기 그지 없었어요,

"제자리로 가! 어떤 놈이 소리 질렀어?"

한 아이가 일어섰습니다.

"왜 소리 지른 거야?"

"…… 라면 봉지가 굴러가서……."

"와하하하, 우헤헤헤, 킬킬킬킬……."

아이들은 괴상하게 웃어가며 책상을 치고 난리를 피웠습니다.

그날 수업이 제대로 될 리 없었지요.

결국 교무실로 끌려간 주모자는 담임선생님에게 흠씬 맞고 돌아왔습니다.

하여튼 그 여선생님은 가르치는 것보다 우리와 그런 엉뚱한 문제로 씨름하느라 더 괴로웠을 겁니다.

하루는 다른 남자선생님이 들어와서 이런 말을 했습니다.

"애들아, 그 여자선생님한테 너무 그러지 마. 어제 목구멍에서 피 토하셨단다."

으악. 우리는 모두 경악했습니다. 목구멍에서 피를 토하다니! 우리가 떠들어서, 말썽꾸러기 우리를 가르치느라 피를 쏟았다…….

우리는 큰 충격을 받았습니다.

"야, 내가 한마디 하겠다. 우리 정말 떠들지 말자. 나도 많이 떠들었지만 앞으로 난 안 떠든다. 앞으로 떠드는 놈은 내가 가만 안 두겠다."

쉬는 시간에 흥분한 친구가 일어나 눈물을 글썽거리며 그렇게 일장연설을 했습니다. 주먹패에 속한 놈이 그런 말을 했다면 모르겠거니와, 그 아이는 조금 까불고 장난을 치긴 했지만 아무도 그를 무서워한 사람은 없었어요. 그런데도 흥분한 그 녀석의 표정 앞에서 모두 감동을 하고 말았습니다. 지금 생각하면 참 괜찮은 놈입니다.

다음 시간, 여자선생님이 들어왔을 때 우리반은 쥐죽은 듯 조용했습니다. 누가 조금 떠들기라도 하면 모두 그를 보며 '쉿' 소리를 냈지요.

그러자 선생님이 그만 불안해지고 말았어요. 안 하던 짓들을 하니까 말이지요.

그러나 그렇게 불안하고 기묘한 수업시간은 두어 번 정도밖에 더 가지 않았고, 이내 아수라장 같은, 아주 정상적인 상태로 우리는 돌아왔지만, 여자선생님이 다시 피를 토했다는 소식은 들려오지 않았습니다.

피를 토하기는커녕 이제, 출석부를 세워서 우리 머리통을 가격하기 시작한 겁니다. 그 돌변한 모습에 우리는 때로는 기가 죽다가, 때로는 반격을 하기도 하며 세월을 보냈습니다.

어쨌든, 우리는 하루하루 사건을 만들었습니다. 따르릉 울리는 자명종 시계를 가져와 수업이 끝나기 전 울려대 귀가 약간 먹은 영어선생님이 수업을 일찍 끝내게 했고, 아예 책상을 들고 옥상으로 올라가 낮잠을 자거나, 옆의 S여고에서 수업하던 선생님에게 거울로 빛을 비춰 수업방해를 하는 것을 학교생활의 즐거움으로 삼는 녀석들도 있었습니다.

그중에서도 가장 반항적인 친구가 있었습니다.

지금도 동창생들 사이에 회자되는 P였습니다.

언제부턴가 교실 뒤쪽의 게시판 밑은 P의 사물함이 되었지요.

수건, 우유, 빨랫비누, 세숫비누, 라면을 매달아놓았고 옷걸이에는 그의 교복 상의가 늘 걸려져 있었어요.

"내려놓아라."

물론 들어오는 선생마다 말했지요. 그때마다 P는 내려놓았으나 선생님이 나가고 나면 다시 걸었어요. 결국 담임선생에게 교무실로 끌려갔습니다. 교무실을 드나들던 주번이 전해주는 그 뒤의 전말은 이렇습니다.

"또 그럴래, 안 그럴래?"

"……."

"이놈이. 엎드려 뻗쳐."

"싫습니다."

"이노오오옴!"

선생님은 몽둥이로 사정없이 팼지만 그는 미동도 하지 않았답니다.

"너 퇴학당하고 싶어?"

"자퇴하겠습니다."

기다렸다는 듯이 그 친구는 말했고, 결국 선생님이 졌답니다. 다른 선생님들도 그 친구를 인정하고 말았는데 고2 때, 중국집에서 술 마시고 굴러떨어진 친구 중의 한 명이 바로 그 친구였어요.

그는 고독했습니다. 몸은 교실에 있었지만 자기 수업시간표를 스스로 짜서 혼자서 고독하게 공부했던 겁니다. 수학시간에 지리, 지리시간에 생물, 생물시간엔 국어 하는 식으로 말입니다…….

국어선생님은 젊었고 패기만만했으며 다혈질이어서 우리에게는 늘 공포의 대상이었습니다.

"저 빈 자리, 누구 자리야?"

수업시간에 빈 자리를 보고 국어선생님은 신경질적으로 외쳤습니다.

"P자리인데요."

"어디 갔어?"

"…… 운동장에 있는데요."

모두 밖을 내다보니 그는 혼자서 운동장을 돌고 있었습니다. 그의 시간표에 의하면 체육시간이었던 것이지요.

"저놈의 새끼가……."

얻어터졌지만 그는 여전히 고독하게 자기 갈 길을 갔습니다.

검은 운동화를 신고 다녀야만 했던 그 시절, 그는 조회시간에 하얀 고무신을 신고 나타났으며, 종례시간에는 종로2가에 있는 목욕탕에서 교무실로 전화를 걸기도 했습니다.

"선생님, 여기 양지탕인데요…… 종례시간에 참석 못할 것 같습니다."

이렇게 엉뚱한 친구였건만 낭만도 있었지요.

그가 소풍 때 야전전축을 갖고 온 적이 있었는데, 판을 걸어놓고 틀어놓은 곡들은 놀랍게도 가요도, 팝송도 아닌 달콤한 세미 클래식이었습니다.

트로이메라이, 소녀의 기도, 터키 행진곡 등등.

도대체, 그 반항적인 아이가 도시락을 먹으며 그 달콤하고 가녀린 음악을 듣고 있는 모습이 믿어지지 않았습니다. 그는 그 무거운 야전전축을 소풍 내내 들고 다녔습니다.

졸업 후, 그의 집에 같이 간 적이 있었지요. 학교에서 그렇게 반항적이던 그는 집에 들어가는 순간부터 셔츠 주머니에 담아두었던 담배를 숨기며 설설 기었습니다. 안에서 마주친 할아버지의 눈초리를 슬슬 피하며 우리는 그의 방으로 기어 들어갔습니다.

"야, 말도 마라. 우리 할아버지한테 담배 피는 거 걸렸다가는 죽는다."

야가 가가?라는 의심이 들 정도로 그는 집안에서 전혀 딴판이었습니다.

그는 집안에서 억눌렸던 그 기운을 학교에 와서 다 풀었던 것입니다.

물론 진짜 깡패들도 있었지요. 폭력서클에 가담한 친구들은 낮이나 밤이나 패거리를 짓고 몰려다니며 쌈질을 해댔고, 자기네들끼리 패권 다툼하느라 싸우기도 했습니다.

이런 얘기만 하면 학생들이 전부 다 그런 줄 오해하겠지만, 착실하게 열심히 공부하는 모범생들 또한 많았습니다.

다만 저는, 모범생도 반항아도 아닌 채 늘 뒤에 앉아 친구들을 관찰하
는, 눈에 띄지 않는 방관자였을 뿐입니다.

히피가 되고 싶어

제 속에 있던 초등학교, 중학교 때의 튀던 기질은 다 숨어버렸습니다. 워낙 거칠고 독특한 애들이 많이 모인 고등학교에서 저는 명함조차 내밀 수가 없었던 거지요.

저는 대체적으로 규율을 잘 지켰습니다. 어쩌다 스포츠가 아니라 빡빡으로 머리를 깎아서, 반항심 때문에 그러느냐며 얻어터진 적은 있습니다.

그러나 그건 반항심 때문이 아니라, 머리가 하도 빨리 자라, 깎은 지 일주일만 되어도 머리가 길다고 몽둥이로 쥐어박는 통에 화가 나서 밀어버린 것이었습니다.

그런데 맞고 나니까 정말 반항하고 싶어서 한 번 더 밀었던 기억은 납니다.

뭐, 그 정도였습니다. 그렇다고 공부를 열심히 한 것도 아니었습니다. 아, 영어, 국어, 역사 같은 과목은 좋아해서 관심을 갖고 했지만, 나머지 시간은 뒤에 앉아 소설을 읽는 재미로 보낸 적이 많았습니다.

『갈매기의 꿈』, 『어린 왕자』, 『25시』, 『사반의 십자가』, 『서부 전선 이상 없다』, 『데미안』, 『싯다르타』, 『이방인』, 『구토』…… 수업시간에 몰래 읽는 소설은, 이해를 하든 못하든, 왜 그리도 재미있었는지…… 시험 때는 더 재미있었습니다.

시험 때면 우리 집에서 기르던 똥개가 가장 부러웠어요. 밥 먹고 그냥 뒹굴고 뛰어놀며 자연스럽게 살아가는 똥개가.

가끔은 전쟁이 터지기를 간절히 바라기도 했습니다. 모든 게 무너지고 뒤죽박죽이 되는 세상, 시험도 안 보고, 학교도 안 가는 그 세상은 얼마나 짜릿하고 흥미진진할 것인가?

그러나 날 듯 말 듯한 전쟁은 날 기미가 보이지 않았습니다.

한때, 아프리카에 가서 타잔처럼 살고 싶은 생각을 가진 적이 있었습니다. 물론 타잔이란 인물이 백인들의 우월한 의식 속에서 탄생한 허구라는 것은 그때도 알고 있었기에 그를 흠모한 것도 아니었고 또한 아아아아 소리치며 아프리카 흑인들 앞에서 폼잡고 싶어서도 아니었습니다. 다만, 이 답답한 현실, 문명을 떠나 학교도 시험도 없는 정글 속에 쏘옥 숨어서 자연인 그대로 살고 싶다는 욕구 때문에 그런 생각을 한 것이지요.

타잔이 될 수 없었던 저는 학교가 파한 후, 집에 오면 신발을 벗고 종종 맨발로 뒷산을 걸어 올라갔어요. 지나가던 사람들이 저를 이상하게 보았고 맞은편에서 오던 여학생은 슬슬 피하며 도망갔지만 저는 즐거웠습니다.

맨발에 전해오는 부드러운 흙의 감촉을 느끼며 작은 해방감을 느꼈습니다.

　그 해방감에 취해 잠시 동안이지만, 학교에서도 실내에서 맨발로 다닌 적이 있었습니다. 그 당시 모두 실내화를 착용해야 하는 것이 규율이었지요.

　하지만 아무도 간섭하지 않았습니다. 친구들이야 신경쓸 필요 없었고 선생들님이 그것을 목격할 일은 별로 없었습니다.

　그러던 어느 날 독일어시간이었습니다. 선생님이 갑자기 저를 지목해 앞에 나와 뭔가를 설명하라는 것이었어요.

　실내화는 저 구석에 틀어박혀 있었습니다. 찾아 신으려면 시간도 걸리고 귀찮았어요. 잠시 망설이던 저는 그냥 맨발로 걸어나갔지요. 순간, 교실 안에는 팽팽한 긴장감이 감돌기 시작했습니다.

　독일어선생님은 성격이 무서운 데다가 생김새마저 게슈타포를 연상시켰기 때문이었습니다.

　선생님은 어이가 없다는 듯, 제 시커먼 발을 보았어요.

　에라, 모르겠다. 터지면 터지는 거지.

　그냥 자포자기 심정으로 걸어나가 천연덕스럽게 간단한 문법 설명을 그런 대로 끝냈습니다. 선생님은 아무 말없이 듣다가 들어오는 저에게 한마디 던졌습니다.

　"야, 시원하겠는데."

　아, 그때 한줄기 소나기 같은 시원한 감동이 온몸을 스치고 지나갔습니다.

지금 이 글을 쓰는 이 순간에도 그 선생님이 고맙기 그지없습니다. 안 때려서 고마운 것이 아니라, 제 마음을 이해해준 것 같아서요.

저의 행동은 결코 그 선생님을 무시해서가 아니었습니다. 그저 답답하고, 억눌린 세상에 대한 조그만 반항의 몸짓이었을 뿐인데, 그 선생님은 그것을 이해해준 것입니다.

만약, 제가 그때 얻어터졌다면?

저는 어쩌면 그때 충동적으로 학교를 그만두었을지도 모릅니다.

그 시절, 한창 청바지, 생맥주, 통기타를 거론하는 청년문화논쟁도 있던 것으로 기억합니다. 저는 청바지도 없었고, 기타도 칠 줄 몰랐으며, 맥주도 마시지 못했습니다. 독서실에서 만난 학생들과 튀김집에 가서 막걸리를 몇 잔 마신 정도였을 뿐입니다.

하지만, 저 또한 그런 사회의 분위기를 온몸으로 감지하고 있었습니다.

장막을 걷어라, 너의 좁은 눈으로 이 세상 눈 떠 보자…….

이런 노래를 부르며 가슴을 달랬지요. 그리고 〈아침 이슬〉, 〈고래 사냥〉, 〈왜 불러〉, 〈LET IT BE〉 등의 노래를 불러댔습니다.

저도 맨발로 풀밭 위를 걷고 싶었고, 저 멀고 먼 바다 밖 세상으로 떠나고 싶었습니다.

히피가 되고 싶었습니다. 세상에 등 돌리고, 머리에 꽃을 꽂은 평화롭고 자유로운 히피가 되어 저 넓은 세상을 떠다니고 싶었습니다.

그래 떠나는 거다. 김찬삼 선생처럼 세계일주를 하는 거다. 일단, 나가자. 그리고 영원히 돌아오지 않으리라. 세계를 떠다니는 방랑자가 되리라.

어느 날 충동적으로 그런 결심을 한 저는 체육시간에 친구와 함께 담을 넘어 그 당시 광화문에 있던 외무부 여권과로 갔습니다. 신발주머니에 체육복을 입고 나타난 아이들을 보고 수위가 어이없다는 듯이 쳐다보았습니다.

"아저씨, 외국에 나가려면 어떡해야 해요?"

"녀석들, 군대나 갔다온 다음에 물어봐."

그렇게 내쫓기며 정상적으로는 당장 외국에 나갈 수 없다는 것을 배웠습니다.

그래서 밀항을 꿈꿨습니다. 인천 앞바다의 항구를 어슬렁거리며 저는 그것이 또한 얼마나 어려운 것인가를 알았습니다.

후일을 기약하며 속을 달래는 수밖에 없었지요.

지옥 같은 하루하루가 지나고 있었습니다. 그 지옥을 통과하며 저는 상상을 즐겼지요. 종로를 거닐며 '여기는 파리의 샹젤리제 거리다.' 뒷산에 오르며 '여기는 아프리카다.' 북한산성에 오르며 '여기는 마추픽추다' 라는 상상을 즐겼어요.

그랬기에 제가 실제로 샹젤리제 거리를 거닐었을 때, 아프리카 초원을 달렸을 때 제 가슴은 터질 것만 같았습니다. 고등학교 시절 그렇게 염원했던 소원을 이루는 순간, 저는 이렇게 걷다가, 이렇게 달리다가 '죽어도

'좋아' 라는 감격의 눈물을 글썽거리곤 했습니다.

저에게 여행이 그냥 구경하는 정도의 행위였다면 그토록 감격스럽지 않았을 거고, 또한 지금까지 여행하는 삶을 살지도 않았을 겁니다. 여행은 저에게 어린 시절부터 간절히 꿈꿔왔던 이탈이었고, 새로운 세계로 가는 몸짓이었기에 그토록 감격스러웠을 겁니다.

그 답답하던 시절, 말썽꾸러기 P는 가끔 복도에서 하얀 구름만 흘러가고 있는 창 밖을 내다보곤 했습니다. 넋을 잃고 하늘을 바라보는 그 모습은 처량해 보였습니다. 그런데 제가 그와 아주 가까워진 것은 어떤 사건 때문이었습니다.

우리는 매일매일 자유롭게 자리를 정해서 앉을 수 있었는데, 어느 날 제 앞에 그가 앉았습니다. 그런데 어느 수업시간에 P는 자기 책은 그대로 놓아둔 채, 어디론가 사라졌어요.

선생님이 저에게 물었지요.

"여기 누구 자리야. 어디 간 거야?"

그가 땡땡이를 쳤거나 자기 시간표대로 밖에 나가 체육을 하고 있는 것 같아서, 순간적으로 그를 보호해야겠다는 생각이 들었습니다.

"모르겠는데요."

그 순간 눈앞에 별이 튀었습니다.

"모르다니, 네 앞에 있는 녀석이 누군지 몰라!"

그 순간, P가 조금 떨어진 앞에서 손을 들며 말했습니다.

"저, 여기 있는데요."

그는 잠시 자리를 옮겼던 것입니다. 책과 가방은 그대로 놓아둔 채 몸만 말입니다.

그러자 선생의 두꺼운 손바닥이 제 머리통과 뺨을 향해 사정없이 날아오기 시작했습니다.

"야, 이놈아, 내가 CIA냐. 그렇게 공포스런 인간이냐? 내가 저놈 자리라고 말하면 잡아먹냐?"

지금 생각하면 영화 〈친구〉에서 장동건과 유오성을 개 패듯이 패던 그 이상한 선생이 생각나네요. 그리고 지금도 왜 그 대목에서 CIA라는 말이 나왔는지 궁금합니다. 정말 CIA였나?

하여튼 그날 전 학교 다닌 후로 제일 많이 맞았습니다.

수업이 끝나고 그가 제게 왔습니다.

"미안하다. 나 때문에."

"괜찮다…… 난 네가 밖에 나가 체육하는 줄 알았다."

우리는 옥상에 올라가 같이 하늘을 바라보았습니다.

"…… 내가 맞을 짓 했나?"

"조금……."

"씨발…… 좆같은 세상이다."

죽기는 아직 싫었고, 그냥 하늘로 훨훨 날아가버리고 싶었습니다. 그냥 저 멀고먼 세상을 맨발로 걸으며 바람처럼 떠돌고 싶었습니다.

짧은 탈주

고3 여름, 충동적으로 탈주를 실행했습니다.

여름방학, 보충수업이 시작되었건만, 저는 동네 독서실에서 만난 친구들과 어울려 경포대로 갔습니다.

부모님의 허락은 필요 없었습니다. 경험상 허락이 얻어질 리 없었기에, 그냥 실행 후 통보하기로 했던 거지요.

떠나기 전날 밤 집으로 돌아온 저는 몰래 장독대에 가서 고추장, 된장을 퍼서 그릇에 담았어요. 조그만 배낭에 숟가락, 젓가락에 양파와 감자까지 챙겨 넣은 후 독서실에서 밤새운다고 말하고 밖으로 나왔습니다.

그 밤에 우리들은 무작정 청량리역으로 향했어요. 그러나 열차는 없었습니다. 역에서 밤을 새운 후 새벽열차를 탔지요. 타기 전 경포대에 간다고 집에 전화 한 통을 했습니다.

기차는 송창식의 노래 〈고래 사냥〉에 나오는 것처럼 3등 완행열차였습니다. 영주에서 갈아타야 하는 그 미어터지는 완행열차는 경포대까지 열

몇 시간이 걸렸어요.

그 만원 기차칸에서 우리는 "자, 떠어나자 동해바다로"라며 목이 터져라 노래를 불러댔습니다.

3등 완행열차는 기차문이 열려져 있었고, 우리는 기차 문앞에 쪼그리고 앉아 밖을 내다보았습니다.

세상은 잘도 흘러가고 있었습니다. 산이, 강이, 하늘이 어디론가 흘러가고 있었습니다.

도대체 왜 우리는 이렇게 힘들게 살아야 하는가?

저 강처럼, 구름처럼 살 수는 없는 것일까? 자연스럽게, 자연스럽게……

그렇게 상념에 젖어 있는데 옆에 앉아 있던 친구가 노래를 불렀습니다. 아주 감상적인 노래라 조금 역겨웠고, 우수에 젖은 눈초리로 밖을 보며 눈물을 찔끔 짜는 그가 조금 멍청하게 보이기도 했지만, 괜시리 저도 눈물이 났던 기억이 납니다.

또 한 명은 도벽이 좀 있는 친구였어요. 영주에서 점심을 먹을 때도 식당에 있는 성냥과 이쑤시개를 훔쳤습니다. 자기만 훔치는 게 아니라 저에게도 훔치라고 시켰습니다. 그 친구는 보통 때 중국집에 가서도 늘 그랬어요.

그날밤 늦게, 동해바다가 컴컴한 장막 속에서 불쑥 모습을 드러냈습니다. 바람에 실려오는 비린 냄새가 가슴을 두근거리게 했지요.

경포대에서 내려 우리는 바닷가로 갔고 텐트를 쳤어요. 인산인해였습니다. 우리는 그곳에서 밥을 해 먹은 후, 남들의 캠프 파이어에 슬그머니 끼어 앉아 같이 노래를 불렀습니다.

별일은 없었어요. 밥 먹고, 바닷가에서 놀다가, 밤이면 노래 부르고, 술 마시고…… 짠 바닷바람과 노랫소리와 파도 소리 속에서 우리는 우리가 살아왔던 곳에서 멀리 떠나와 있음을 알았습니다. 자유롭고 행복했습니다.

복닥거리는 교실에 앉아 수업을 받을 친구들을 생각하며 저는 바다속을 헤엄쳤습니다.

밤바다에 앉아 파도 소리를 들으며 저는 이 세상으로부터 멀리멀리 달아났습니다. 새벽에 솟아오르는 해를 바라보며 중얼거리곤 했지요.

될 대로 되라지. 케세라, 세라.

며칠 후 돈이 떨어졌습니다. 식량도 떨어져갔습니다. 친구들은 아이스케키 장사를 하며 더 있고 싶다고 했지만, 저는 먼저 올라오기로 했어요. 도벽이 있는 친구가 영 마음에 안 들었습니다. 사사건건 저와 의견이 달랐어요.

밤기차를 타고 혼자서 다시 서울로 올라왔습니다.

학교로 가니 보충수업이 진행되고 있었고 이상하게도, 결석했던 저를 담임선생은 뭐라 하지 않았습니다. 아직까지 이유를 알 수는 없지만 말입니다.

그렇게 한여름이 잘도 갔습니다.

가을이 왔고 체력장이 있었으며 예비고사가 있었지만, 공부 안 했던 제가 나쁜 성적을 얻은 것은 당연한 일이겠지요.

대학입시는 자포자기한 심정으로 그냥 보았습니다. 물론 떨어졌지요. 붙었으면 이상했을 겁니다. 당연히 재수는 필수였습니다.

방황하는 아이

재수하던 1977년, 윤수일의 〈사랑만은 않겠어요〉와 최헌의 〈오동잎〉이 한창 유행을 했습니다.

그 시절, 이탈은 없었습니다. 꾸역꾸역 종로에 있는 재수학원을 다녔습니다. 한 번 실패를 하고 나니, 열심히 해야겠다는 생각이 들더군요. 그래서 재수할 때는 크게 이탈한 기억이 나질 않습니다만, 문제는 몸은 책상 앞에 앉아 있어도 머릿속에는 늘 다른 생각이 가득 차 있다는 것이었어요. 꾸역꾸역 지식을 머릿속에 채웠지만 즐겁지 않았어요.

남들이 보면 열심히 하는 것 같았고, 또 노력한 것도 사실이지만, 억지로 하는 공부는 효율적이지 않아서 성적은 별로 오르지도 않았어요.

저는 늘 대답 없는 인생의 근원적인 질문에 시달리고 세상에 회의하면서도, 또한 세상의 욕망에 몸을 달궜습니다. 같은 반 여학생들에게 한눈을 팔기도 했고, 무작정 좋은 대학에 가고 싶다는 전의를 다지기도 했습니다만, 제 머리는 과부하에 걸려 끊어질 것만 같은 퓨즈 같았습니다.

1년간 죽었다고 생각해.

학원선생님은 그렇게 말했습니다. 생각을 끊고 우선 공부만 열심히 하라는 것이었습니다.

그렇게만 될 수 있다면 얼마나 좋았겠습니까?

지금도 그렇게 얘기하는 부모님, 선생님이 많을 것입니다. 그러나 그건 아이에게 세상을 모두 받아들인 '도인'이나 세상을 초월한 '초인'이 되거나, 피도 눈물도 없는 로봇이 되라는 얘기일 것입니다.

그런 마음가짐은 스스로 안에서 의미를 찾을 때 가능한 것이었지 위에서 강요한다고, 설득한다고 되는 것은 아니었습니다.

그 시절, 일단 대학은 들어가놓고 보라는 막무가내식 얘기를 하지 않고, 공부의 의미, 대학의 의미, 삶의 의미에 대해 같이 얘기하며 단 한 순간만이라도 저의 고민이나 답답한 마음을 허심탄회하게 이해해주고, 같이 아파하는 어른들이 있었다면 저는 그들과의 대화 속에서 스스로 어떤 작은 해답을 나름대로 찾아냈을지도 모릅니다.

그런데 어른들은 완전하지도 않은 해답을 하나씩 준비해놓고 일방적으로 그것을 강요하고 있었습니다. 그것도 아주 현실적인 대답만.

근원적인 의미에 대해 목말라했던 저로서는 그런 단답형의 현실적인 대답에는 만족할 수 없었지요.

지금 생각하면, 저는 어른들에게 너무 큰 것을 바랐던 것 같습니다. 지금 저에게 어떤 학생이 공부와 삶의 의미를 묻는다면 저도 딱히 말할 해답이 없으니까요.

그렇습니다.

아이든 어른이든, 해결책은 자신이 찾아내는 것이란 생각이 듭니다. 한 가지 해답이란 것이 없기에 결코 강요할 수도 없습니다. 결국 죽을 때까지 고민하며 사는 것이 우리 평범한 인간들의 삶이라는 생각이 드는 요즘, 저는 중요한 것은 해답이 아니라 해답을 찾기 위해 던지는 물음 그 자체라고 봅니다. 묻는 과정에서 자신을 반성하고, 남의 고민과 애환을 이해할 줄 아는 능력을 얻으며, 그렇게 묻는 관계 속에서 흐르는 사랑, 그것이 중요하다는 생각이 드는 것이지요.

스스로 아파하고 고민하며, 그것을 통해 또한 남의 아픔을 같이 공유하는 마음가짐, 이것을 사랑이라고 본다면, 사랑이야말로 해답 아닌 해답이란 생각이 듭니다.

저는 그 당시 명확한 해답을 원했지만, 어느 누군가가 일방적인 주입식 논리가 아닌 사랑으로 저를 대했다면 저는 그것에 감동되어 제 스스로 수많은 고민들을 훌훌 털고 힘차게 공부했을지도 모릅니다.

그러나 지금 생각하면, 사회나 어른을 탓할 것이 아니라 저의 성급함이 가장 큰 이유였다는 생각이 들기도 합니다.

인생이란 머릿속에서 요리되는 것이 아니라, 시간 속에서 온몸으로 살아가며 조금씩 알아가는 길고긴 여정인데 말이지요.

그 시절, 삶과 공부에 대한 완벽한 이유와 의미를 성급하게 찾으려 했던 저는 당연히 혼란 속에 빠질 수밖에 없었습니다.

그러나 다행스럽게도 저는 시험을 몇 달 앞둔 어느 날 저의 태도를 결정했습니다.

일단 최선을 다하자고 마음먹었습니다. 제가 어떤 길을 가든, 어떤 해답을 찾아내든 그것은 모두 저 자신에 대한 성실한 태도, 최선을 다하는 태도가 있은 연후의 일이지, 끝없는 생각과 번민에 의해서 얻어지는 것은 아닐 것이라는 생각을 한 것이지요.

아마 그런 생각을 하게 된 배경에는 현실적인 절박함도 있었을 것입니다.

여기서 탈락하면 내 인생은 무엇이 되지? 물론 살아가는 방법은 여러 가지일 것이다. 그러나 여태껏 내가 걸어왔던 길은 무엇이 되는가?……후퇴할 데가 없다. 이제 전진이다. 진짜, 공부를 하자.

이렇게 배수진을 친 기분으로 먼저 저는 타성처럼 다니던 학원을 끊었습니다. 사실 몸만 그곳에 앉아 있었지 선생님들의 말은 귀에 들어오지 않았거든요. 알려주는 사람이 없어서, 참고서가 없어서 공부를 못한 것은 아니었습니다. 불덩이 같은 의지가 없었기에 못했던 것이지요.

그러나 그렇게 익숙한 곳, 또한 당연히 가야 하는 곳으로 알고 있던 그곳에 발길을 끊을 때에 어린 제 가슴에는 엄청난 불안감이 몰려왔습니다. 부모님과 상의하지도 않았습니다. 이제, 제 길을 제가 갈 뿐이라고 결심했습니다.

부모님에게는 학원 다니는 것처럼 속이고, 저는 동네 독서실로 향했습니다. 그때부터 입시까지 몇 달간, 정말 열심히 공부했습니다. 세상에 태어나서 가장 열심히 혼신의 힘을 다해서 말입니다. 스스로 목표를 설정했고, 스스로 장소를 선택했으며, 스스로의 방법으로 공부했습니다. 그 순간, 제 몸은 예민한 안테나처럼 세상의 온갖 지식을 잡아내기 시작했습니다. 아침에 일어나면 공부할 마음에 가슴이 설레고 짜릿한 희열이 온몸을 감쌌습니다.

흐르는 시간은 싱싱한 물고기처럼 날뛰기 시작했습니다. 독서실에 들어가 책을 펴면 순식간에 너덧 시간이 지나갔습니다. 그렇게 침식을 잊어가며 신들린 무당처럼 공부를 했습니다.

그 가운데 몹시 후회를 했습니다.

제가 몇 년 전에, 아니 몇 달 전에라도 이렇게 공부했다면…… 시간이 너무도 빠르게 흘러가고 있었습니다.

제가 그 어린 나이, 재수생활에서 배운 가장 큰 것은 바로, 인생은 스스로 의미를 부여하며 개척해야만 한다는 것이었습니다.

예비고사를 보았고 학교 담임선생님은 몇십 점 올라간 제 점수를 보고 크게 놀랐습니다.

그렇게 저는 대학에 들어갈 수 있었습니다. 제가 어렸을 때부터 가고자 했던 대학은 아니었지만, 제가 가고 싶은 대학을 스스로 선택했기에 기뻤습니다.

평소에 빤질빤질하게 놀다가, 몇 달간의 공부만으로 대학에 들어갔다고 생각하지는 않습니다.

저는 그렇게 머리가 좋은 학생도 아니었고, 재미있는 사건 위주로만 얘기하다보니 학창시절을 매일 놀기만 하면서 보낸 것처럼 보이지만 사실, 그저 평범한 학생이었습니다. 고민하면서도 크게 이탈하지 못하고 책상 앞에 앉아서 끙끙거리며 공부했지요. 그 비효율적인 시간이라도 축적되지 않았다면 대학 입학이란 불가능했겠지요.

그러나 분명한 것은 억지로 공부한 몇 년보다 혼신의 힘을 기울여 공부한 몇 달이 결정적이었다는 것입니다.

대학은 천국

대학은 천국이었습니다.

교문 앞에 규율부도 없었고, 장발을 하고 다녀도 교수가 몽둥이질을 하지도 않았으며, 교련교관들조차 존댓말을 써주었습니다.

조회도 없었고 선배들이 귀찮게 하지도 않았으며 폭력서클도 없었습니다.

가슴 두근거리는 미팅도 했고 흥겨운 축제도 있었으니 대학캠퍼스는 공기조차 달콤했어요.

공부? 물론 했지요. 그러나 고등학교 때 같은 주입식 공부가 아니었습니다. 신이 났습니다. 정말 하고 싶은 공부, 수준 높은 공부를 한다는 생각이 들어 신바람이 났어요.

또한, 정해진 규칙 한도 내에서 수업도 적당히 빼먹으며 자유를 즐겼지요. 버스를 타고 학교에 오다 문득 봄바람에 가슴이 설레는 순간, 설악산으로, 경포대로, 방향을 돌려 떠났던 적도 있었습니다.

그런데 자유에 대한 욕망은 끝이 없더군요.

처음에는 작은 자유에도 한없이 만족했지만, 시간이 흐르면서 좀더 큰 자유를 원하기 시작했던 것입니다.

1978년도 유신 말기, 학교에는 형사들이 상주하고 있었어요. 그것을 바라보는 우리들 마음속에는 유신정권, 독재정권에 대한 미움이 싹텄습니다.

우리가 입학하기 전에 데모하던 선배들은 학교에 상주하던 형사를 생명이 위험할 정도로 패주었으며, 교련사열 때 '우로 봐' 하는 구령이 떨어지는 순간, 모두 '좌'를 보며 반항해서 학군단장이 좌천당했다는 이야기를 들으며 우리는 서서히 '의식화' 되기 시작했습니다.

삼삼오오 모여 앉아 은밀히 독재정권을 성토했으며 어떤 친구들은 운동권서클에 가입해 공부를 하기도 했습니다. 1980년대와는 달리 유신정권하에서 그런 조직에 가담한다는 것은 정말 인생을 다 바칠 각오를 해야 했던 일이었습니다.

비록 저는 가담하지 않았지만 그런 위험스런 공기를 늘 어디선가 맡을 수 있었습니다.

그러던 어느 날, 1979년도 6월 25일이던가?

학내에, 오늘 세종문화회관 앞에서 전국대학생들이 모여 시위를 벌인다는 소문이 퍼지기 시작했지요.

데모를 해도 신문에 보도되지 않고 입소문만으로 전파되던 시절이었습니다.

그날 우리는 삼삼오오 모여 세종문화회관 앞으로 갔습니다. 형사들로 보이는 사내들이 무전기를 신문지에 감싼 채 거리에 쫙 깔려 있었어요. 그 거리에 젊은이들이 모여들고 있었습니다.

저도 친구와 함께 거기에 끼어 근처를 걸었습니다.

무슨 공연을 보러 올라가는 사람들이 줄을 이었는데 갑자기 계단 밑으로 사람들이 모여들자 형사가 다급하게 올라가는 사람들을 검문하기 시작했습니다.

그때, 고함이 터져 나오며 삐라가 뿌려졌습니다.

"유신정권 타도."

그 소리를 듣는 순간, 근처에 있던 학생들이 같이 합세해 고함을 치기 시작했지요.

와아아아아. 유신정권 타도. 유신정권 타도.

벌떼처럼 학생들은 몰려들어 구호를 외쳤고, 형사들이 몰려오기 시작했습니다.

아, 그 소리를 듣는 순간, 제 입에서도 구호가 튀어져 나오고 말았어요. 사실, 대학 1학년짜리로서 호기심에 구경만 하러 갔던 저였지만 그 함성을 듣는 순간, 그만 피가 끓었던 것이지요.

형사들과 데모대는 난투극을 벌였습니다.

지나가는 행인들은 갑작스런 이 사태에 모두 놀란 눈으로 쳐다보았어요. 유신헌법이 선포된 초기도 아닌 후반에 와서 대학이 아닌, 대로에서 데모가 벌어졌던 것은 처음이었을 겁니다.

비록 함성은 질러댔지만 후미에 있던 저와 제 친구는 잡히지 않았습니다.

그날, 광화문 근처의 술집은 초만원이었어요. 막걸리를 마시며 사람들은 독재정권을 큰 소리로 성토했고 자유를 만끽했지요. 비록, 구경꾼으로 갔다가 얼떨결에 참가한 우리였지만 우리도 그 열기에 휩싸이고 말았습니다.

그렇습니다. 자유는 구걸하는 것이 아니라 쟁취하는 것이니까요.

우리는 술을 마셨고 노래를 불렀습니다.

꼭 독재정권만 미워했던 것이 아니었습니다. 도대체 이 답답하고 질식할 것만 같은 사회 분위기가 싫었습니다.

이제, 작은 자유를 맛보게 해주었던 대학도 더이상 저를 크게 만족시켜주지는 못하고 있었습니다.

그러나 제가 본격적인 정치투쟁에 나섰던 것은 아닙니다. 저는 극히 이기적이고 소심하고 내성적이며 그저 분위기에 휩쓸리는 평범한 학생이었을 뿐입니다. 또한 저는 독재정권도 미웠지만 본능적으로 조직을 싫어했습니다. 2학년 선배가 의식화서클에 가입하라고 권유했지만 완곡히 거절했지요.

그들의 용기에 감탄했고 그들을 존경했지만, 저는 저의 미래를 민주와

민족이라는 거대한 가치에 바칠 인물도 못 되었습니다.

　그저 저는 도피하고 싶었어요. 중고등학교 시절 품었던 꿈, 배낭 하나 메고 저 다른 세상으로 훨훨 날아가는 그 꿈밖에는 저에게 절실한 것이 없었습니다.

경찰서로 잡혀가다

바다 밖으로 나갈 수 없었던 저는 종종 배낭을 메고 우리의 산하를 떠돌았습니다. 방학 때는 좀 먼 곳으로, 휴일 혹은 수업을 빼먹었을 때는 가까운 곳으로 떠났습니다.

그런데 그해 가을, 그렇게 평범하게 조용하게 살아가던 저에게도 조그만 사건이 터졌습니다.

1978년 10월 초순, 데모를 주동하던 학우들이 잡혀갔고 10월 17일 학교에 유신헌법을 비난하는 삐라가 뿌려졌습니다.

학교에 상주하던 형사들은 전전긍긍했지요. 데모는 없었지만 하루 종일 긴장감이 흘렀습니다.

그때 저는 고3학생을 가르치는 아르바이트를 하고 있었는데 도서관이 만원이라 빈 강의실에 들어가 한 시간 정도 수업준비를 하고 나와서 화장실로 들어갔을 때였습니다.

웬 사내가 제 등을 쳤습니다.

“서로 갑시다.”

“…… 뭐요?”

“이 삐라 알지?”

“…… 아침에 보았어요.”

“이것이 뿌려진 후로, 우리가 이 빌딩의 강의실을 뒤졌는데 아무 것도 없었어. 그런데 학생이 강의실에 들어갔다 나온 후, 내가 가서 보니 이게 발견되었다구.”

사내는 삐라 한 뭉치를 제 코앞에 흔들어댔습니다.

“그게 나와 무슨 상관입니까?”

높아진 저의 언성에 그가 움찔했습니다. 학생들이 서서히 우리를 향해 모이고 있었습니다.

“아, 알았어요. 그냥 가.”

그렇게 순순히 그들은 저를 놓아주었어요.

그러나 언덕길을 걸어가는 동안 뒤를 돌아보니 형사들이 적당한 거리를 두고 쫓아오고 있었습니다.

진짜 그런 투쟁을 하고 행동을 했으면 모르겠지만, 참 억울하고 황당하기 짝이 없었습니다.

제가 어떤 조직에 있어서, 그 상태를 데모로 유인할 수도 없었습니다. 저는 그저 조용한 1학년짜리 학생이었을 뿐입니다.

교문을 빠져 나와 오른쪽 길을 따라 100여 미터쯤 왔을 때, 갑자기 형사

서너 명이 저를 오른쪽 골목으로 밀어붙이더니 가방을 조사하기 시작했습니다. 그리고 어디선가 택시가 왔고 저는 떠밀려 택시 안에 탔습니다. 그렇게 마포경찰서로 끌려갔습니다.

취조실에서 맞지는 않았습니다. 며칠간의 행적에 대해 조서를 쓰는 동안 나중에 알고 보니 형사들이 우리 집을 다 뒤졌고 저에 대해 조사를 마쳤더군요.

별다른 혐의점이 없던 저는 그날 저녁 석방되었어요.

아찔했습니다.

누명이란 이런 것이라는 생각이 들었습니다. 다행히 직접적인 증거가 없으니까 그랬지, 제가 만약 의식화서클에 가입이라도 했었다면?…… 제 친구와 조직들은 모두 밝혀졌을 것입니다. 그리고 신문에는 시커먼 글씨로 '○○당, ○○회 일망타진'으로 기사가 만들어졌을 것 아닙니까?

하지만 저는 피래미조차 아니었으니 우스꽝스러운 해프닝일 뿐이었습니다.

저는 그때 크게 충격을 받았습니다. 비밀경찰국가, 독재정권이란 바로 이런 것이로구나라는 것을 조금은 체험하게 된 것이지요.

그때부터 제 주위에는 형사가 따랐습니다. 학교 벤치에 앉아 있을 때도 주변을 보면 항상 형사 같은 사내 혹은 여자들이 앉아 있었고, 학교 근처 다방에 가서 친구와 만나도 꼭 옆자리에는 심상치 않은 중년 사내, 여자들이 앉아 있었어요. 둘 다 신문을 보며 아무 말도 없이…… 바보들같이 티를 내면서.

저는 서서히 친구들도 피했습니다. 그 계통에서 활동하고 있던 주변의 똑똑하고 용감한 친구들과 접촉할수록 본의 아니게 피해를 입힐 수 있을 것 같아서였지요.

학교생활은 점점 자유가 아니라 숨막힐 듯한 곳이 되어가고 있었습니다.

차라리 투쟁을 했다면 오히려 하루하루가 열정에 차 있었을 겁니다. 그러나 평범한 저였기에 그 조그만 사건은 저의 작은 자유와 낭만을 그렇게 빼앗아가버렸습니다.

그렇다면, 탈주하는 수밖에 없었습니다.

그곳은 해외도 산 속도 아닌 바로 군대였습니다.

마침 신체검사 통지표를 나왔고 저는 충동적으로 군대에 가기로 했던 겁니다.

그렇게 저의 풋풋한 학창시절은 끝이 나고 말았습니다.

군대

군대얘기를 시작하면 한도 끝도 없습니다.

힘든 일, 재미있는 일, 서러운 일, 부끄러운 일…… 하여튼 많은 일들이 있어서 얘기를 하자면 너무 깁니다.

그러니 간단하게 얘기할까 합니다.

적당히 고생했습니다. 쌀, 군복, 군화, 기름 등을 보급하는 병참부대에 있었으므로 몸은 그다지 힘들지 않았습니다. 하지만 정신이 괴로웠습니다. 31개월 15일 동안, 그 답답한 영내생활을 이어나간다는 것은 저뿐만 아니라 젊은 혈기에 넘치는 젊은이들에게는 힘든 일이었습니다.

탈영을 꿈꾼 적도 여러 번 있었지만 상상 속에서나 가능한 일일 뿐이었죠. 가장 겁이 났던 것은 그렇게 되면 제가 다시는 학교로 돌아가지 못한다는 사실이었습니다.

제가 군대에 있는 동안 세상은 급변하고 있었습니다. 영외 창고보초를 서고 있다가 박정희 대통령 암살 소식을 들었고 퇴계원에서 대성리로 전

출되어가던 날 12.12사태가 터졌습니다. 한밤중에 비상이 걸리고 난리가 났지요. 정말 내전이 나는 줄 알았습니다. 우리 직속 사령관이 잡혀갔으니까요.

어찌어찌해서 수습이 되고 비상이 걸린 상태에서 몇 개월이 훌쩍훌쩍 잘도 갔습니다. 그러다 학생들이 서울역에서 데모를 하고, 광주에서의 소식이 들려오고, 김대중이 사형 선고를 받고, 김영삼이 정계를 은퇴하고…… 그 격동의 세월 동안 저는 초소에서 고요히 흐르는 북한강을 바라보며 보초를 서는 게 일이었습니다. 그리고 제가 상병이 되었을 때 전 군인들이 모두 국난극복 훈장을 받았습니다.

조금 웃겼습니다.

유원지 근처의 초소에서 북한강만 바라본 사람이 무슨 국난극복을 했단 말입니까? 보초를 서다가 저는 그것을 북한강변에 던져버리고 말았습니다.

다시 지루한 일상이 시작되었습니다.

그러다 두번째 휴가를 나오게 되었습니다.

학교에 남아 있던 친구들로부터 사태의 전말과 그 당시 얼마나 열정에 차 있었으며, 또한 얼마나 좌절되었던가를 들었습니다. 몇몇 친구들은 제적을 당했고, 많은 친구들이 군대에 가 있었습니다.

슬픈 사실은 제가 우리 학교를 향해 걸어갈 때, 그곳에서 걸어 나오던 학생들이 군복 입은 저를 피하며 걸어갔다는 사실입니다. 겁에 질린 시선 혹은 경멸과 증오의 시선으로 저를 흘낏 쳐다보면서.

야, 나도 이 학교 학생이라구.

그렇게 외치고 싶었지만 저는 군인이었습니다. 기분이 참담하더군요.

그래도 군에 있을 때 좋은 게 있었습니다.

행군입니다. 남들은 지겨워하는 완전군장 행군이나 구보가 저는 너무도 좋았습니다. 코스모스 하늘거리는 북한강변을 걸으며, 눈 덮인 북한강변을 달리며 저는 속으로 외쳤습니다.

제대를 하면 이렇게 배낭을 메고 내, 이 산하를 모두 발로 누비리라.

실제로 제대한 후, 저는 우리 산하를 걷고 걸었습니다.

살아가면서 나태해질 때, 너무 안락한 것에 집착할 때 저는 그 시절을 생각하며 길을 걷곤 합니다.

군대에서 보낸 그 시절이 시간낭비인 것 같았고 답답하기 짝이 없었지만, 후일 물설고 낯설은 바다 밖 세상을 떠돌며, 그 시절의 고된 훈련과 갈등을 극복해나가던 경험이 큰 도움이 된 것을 알게 되었습니다.

살아오면서 저의 삶에서 버릴 것은 아무것도 없었습니다. 좋은 경험, 나쁜 경험, 달콤한 경험, 쓴 경험…… 결국 지내고 보면 다 도움이 되는 것들이었습니다. 군대시절도 좋은 경험이었습니다.

꿈에도 그리던 복학

1982년 봄, 꿈에도 그리던 복학을 했습니다.

캠퍼스는 새로운 얼굴들로 가득 차 있어서 조금 낯설었지만 그래도 저는 행복했습니다.

문과계열로 입학했던 저는 2학년으로 복학하면서 전공을 선택했습니다. 원하면 아무 과나 갈 수 있었기에 영문과, 신문방송학과, 사학과 등등이 인기가 많았습니다.

그러나 저는 정치외교학을 택했습니다. 외교관이 되고 싶어서였지요. 공무원이 되고 싶어서가 아니라, 그 시절 그것만이 합법적으로 확실하게 외국에 나갈 수 있던 길이라 생각했기 때문입니다.

일단 나가면, '망명'을 시도하려고 했습니다.

정치적인 이유 때문이 아니라 온 세상을 마음껏 여행할 수 있는 선진국의 '여권'이 탐이 나서였습니다.

지금 생각하면 정말 엉뚱하고 한심하기 짝이 없는 일이었지만, 여권을 얻어 해외에 나가는 것이 하늘의 별따기였던 시절이라는 것을 감안해주세요.

열심히 공부해서 외교관이 되고 나라를 위해 애쓰는 분들에게는 정말 미안한 이야기입니다. 하지만 화가가 그림에 미치듯이, 가수가 노래에 미치듯이 그 당시 저는 여행, 탈출에 미쳐 있었던 것입니다. 그것만이 제 삶의 의미였기에 저는 그것을 위해 조국도, 가족도 모두 포기할 각오가 되어 있었습니다.

복학 후, 첫 수업이 공산주의 사상이었습니다.

그때 수업을 들으며 시간 내내 가슴이 떨렸습니다. 교수님의 말이 그대로 귀에 쏙쏙 박혀왔습니다.

아, 얼마나 꿈에 그리던 시간이었던가. 내가 공부를 다시 할 수 있다니.

그런 감격을 누리던 친구가 또 하나 있었습니다. 마찬가지로 1학년을 마치고 군대 갔다온 정외과 복학생이었지요.

"야, 수업 듣는데, 정말 살 떨리더라."

전방의 ○○사단에서 무지무지 고생했다는 그는 술을 마시며 눈물을 글썽거렸습니다.

국제정치론, 정치사상사, 신학개론, 미시경제학, 영어회화…… 아, 공부가 정말 재미있었습니다.

그러나 저는 외무고시 공부를 해본 적은 한 번도 없었습니다. 저의 진로는 이내 바뀌었기 때문입니다.

친구 따라 강남 간다고, 기자가 되기를 열망했던 어떤 친구를 따라 저도 기자가 되기로 한 것이지요. 신문이든 방송국이든 기자가 되면 외국특파원으로 나갈 수 있다는 친구의 꼬임에 빠져서였습니다.

그 당시 방영했던 일본 NHK의 다큐멘터리 〈실크로드〉의 영향도 컸지요.

저도 저 길을 언젠가 가보리라고, 또한 저런 프로그램을 만들어보고 싶다고 열망했습니다. 임도 보고 뽕도 딴다고, 그러면 여행도 하고, 좋아하는 일도 하고, 생계도 해결될 것 같았습니다.

작은 이탈들

아무리 공부해도 방학 때는 여행을 안 할 수가 없었지요. 여름방학 때는 전국의 유명한 산과 바다를 쏘다녔고, 겨울방학 때는 동굴을 찾아 다녔습니다.

혼자 다니는 게 좋아서 저는 늘 혼자였습니다.

어느 여름방학 때는 설악산에서 단식을 한 적이 있었어요. 아무 준비도 없이 그냥 백담산장으로 들어갔습니다. 그곳에 열흘 동안 묵으며 그냥 굶었습니다. 굶는 건 아주 쉬운 일입니다. 그냥 안 먹으면 되니까요. 근처 약수터에서 샘물을 마신 것 외에는 아무것도 먹지 않았습니다.

저녁시간이면 등산객들의 밥 짓는 냄새, 찌개 냄새가 고역이었지만 처음 이틀간은 그런 대로 버틸 만했습니다. 그런데 사나흘쯤 지나니 환장할 지경이었습니다. 개울에 보이는 물고기들을 바라보며 저는 먹는 생각만 했어요.

저걸 회를 쳐 먹어, 튀겨 먹어?

사일째 되던 날이던가?

뱃속에 가스가 차기 시작했지요. 숙변이 빠져 나와야 하는데 잘 나오질 않았습니다. 아무 사전 지식도 없었던 저는, 설마 죽기야 하랴 하는 배짱으로 그냥 계속 굶었습니다.

여드레 되는 날부터는 잠을 잘 때도 먹는 꿈만 꾸었습니다.

저는 수첩에 단식이 끝나면 먹을 것들을 적기 시작했지요.

춘천 막국수, 회, 자장면, 라면, 삼겹살, 돼지갈비, 커피, 아이스크림…….

배고픔 다음으로 괴로운 것은 무료함이었습니다. 세 끼를 안 먹으니 할 게 없었어요. 시간이 무지무지 안 가더군요.

그때 깨달은 것은 우리 평범한 사람들에게는 하루 세 끼 먹는다는 것은 그 자체가 삶의 큰 즐거움 혹은 큰 일거리라는 것이었습니다.

머리로 따지면 살기 위해서 먹는 것이 맞는 말인 것 같은데, 몸으로 느끼기에는 분명히 먹기 위해 사는 것 같더군요.

그런데 이상한 것은, 샘물만 마시며 그렇게 열흘을 보내는데도 몸에 힘만 조금 빠졌지 몸 안의 기는 더욱 강해지고 정신은 매우 맑아졌다는 것입니다. 생활하는 데 아무 지장이 없었고 피부도 더 맑아지는 것 같았어요.

사실, 저는 그 전에 집에서도 단식을 한 적이 있었어요. 그때는 삼 일도 견디지 못했습니다. 현기증이 나고 몸에 기가 빠져 나가 죽는 줄 알았다니까요.

결국 맑은 공기, 맑은 물이 얼마나 소중한가를 저는 그때 확실히 몸으로 느꼈습니다. 아무리 잘 먹고, 보약을 먹어도 물과 공기가 나쁘면 다 시들해지는 법이더군요.

어쨌든 그렇게 열흘간의 단식을 끝내고 집에 돌아왔을 때 어머니는 이렇게 말했습니다.

"뭘 잘 먹었길래, 그렇게 얼굴이 좋아졌니?"

그러나 저는 단식 후의 보식을 잘못해서 한동안 고생을 했습니다. 혹시 단식하려는 분, 저처럼 무식하게 하지 마세요. 굶는 것보다 단식 후의 관리가 더 중요합니다.

지금도 그것이 아쉽기는 하지만 크게 실망스럽지는 않았어요. 건강 때문에 혹은 살을 빼려고 단식을 한 것은 아니었으니까요.

그러면, 왜 단식을 했는가?

저는 일상으로부터 이탈을 해보고 싶었던 겁니다. 우리 삶에 있어서 가장 기본적인 음식으로부터 이탈을 하고 싶었던 거지요.

배고픔은 어떤 것이며, 먹는 것에서 멀어졌을 때 세상은 어떻게 보이며, 저의 몸은 어떤 반응을 보이는가에 대한 호기심 때문이었습니다.

또 한 가지 덧붙인다면 기와 정신의 세계를 체험해보고 싶어서였습니다. 저는 단식하는 기간 동안 등산객의 발길이 거치지 않는 계곡이나 산 속에 틀어 박혀 바람 소리를 들으며 참선을 했습니다. 그 체험을 통해 욕망을 있는 그대로 받아들이자고 결심했었죠.

세상은 개똥 참외밭, 오욕칠정을 다 겪어가며 뒹굴어보자. 해답을 얻으려면 아직 긴 세월이 남지 않았는가?

그렇습니다.

제 머리는 늘 세상으로부터의 이탈과 초월을 생각했지만, 몸은 욕망에 의해 움직이고 있었습니다.

몸의 욕망을 철저히 체험하지 못한 상태에서 일시적인 작은 체험을 하거나, 아무리 초월에 관한 아름다운 말을 읊더라도 그것은 잘 봐주었자 끝없는 자기착각 혹은 정신적인 자위행위처럼 느껴지더군요.

그렇습니다. 20대 중반의 저는 너무 젊었기에 저 자신에 관한 모든 것이 미덥지 못했고 의심스러웠지요.

번민의 시절

3학년이 되던 봄, 우리 학교에서는 엄청난 데모가 터졌어요. 한 학생이 3층 건물 창문으로 나와 건물에 매달린 채 현수막을 내리걸고 몸을 밧줄로 묶은 채 마이크를 들고 구호를 외치기 시작했습니다.

"군사독재정권 타도!"

학생들은 그 구호와 아슬아슬한 광경에 흥분하고 말았습니다. 사복경찰들이 교내 곳곳에 깔려 있었건만 금방 스크럼은 짜지고 데모가 일어나기 시작했습니다. 여학생들은 울었고 남학생들은 상기된 얼굴로 구호를 외치기 시작했습니다.

그 다음날 수백 명의 사복경찰들이 투입되고 학생들은 벽돌을 집어 던졌습니다. 좁은 교내는 며칠간 최루탄으로 뒤덮였고 수업은 이루어질 수가 없었어요. 부상자가 속출하던 그곳은 전쟁터였습니다.

결국 휴교를 해야만 했습니다.

휴교.

1980년도 이후, 전국에서 처음으로 휴교를 한 학교가 되어버린 것입니다. 그날 석간에 시커먼 글씨로 1면에 '○○대학교 휴교'라고 실렸지요. 그만큼 큰 사건이었습니다.

저는 그 사건으로 큰 충격을 받았습니다. 제 생애 그런 격렬한 데모의 현장에 있던 것은 처음이었기에 그렇습니다. 군대에서 총 쏘는 것은 훈련이었지만 최루탄 가스 속에서 벽돌이 난무하고 사복경찰의 폭력이 휩쓰는 그 현장은 실전이었습니다.

그러니 1980년도에 현장에 있던 이들은 어땠을 것입니까? 그리고 사람이 죽어가던 광주에서의 그 일들은……

다시 수업은 이어졌지만 저는 번민했습니다.

저의 앞길만 생각하는 행위가 과연 용서받을 수 있을까?

주변에서 투쟁을 계속 하던 친구들을 바라보며 저는 혼란 속으로 빠져들어갔습니다.

배낭족

그러나 시대의 번민은 저를 잡지 못했습니다.

저는 욕망의 화신이었습니다. 밖으로 뛰쳐나가겠다는, 한평생 떠돌아다니겠다는 욕망의 화신.

그 욕망에 방해가 되는 것은 다 물리치고자 결심했기에, 저는 그저 시대의 물결에서 비켜난 엑스트라 혹은 방관자였을 뿐입니다.

그런데 서서히 저의 앞날에 대해서도 회의가 들기 시작했어요. 기다려야 하는 긴 세월이 답답하게 느껴지도 했지만 틀에 짜인 계획 속에서 공부하고 준비하는 생활이 미칠 것만 같았습니다.

그 무렵 『배낭족』이라는 책을 읽게 되었어요. 58년생 동갑내기였던 박경우라는 사람이 동남아를 100일 정도 배낭여행하고 와서 쓴 책이었는데 몇 번씩 읽으며 가슴 설레었습니다.

그가 부러웠습니다. 그는 자기의 누이가 프랑스에 살고 있던 관계로 친척방문을 하기 위한 여권을 얻을 수 있었던 겁니다.

그 당시 저는 학원에서 어느 영국 여자에게 영어회화를 배우고 있었는데 그녀는 10년째 약 40개국을 여행하던 여행자였습니다. 그녀는 저의 꿈을 듣더니 용기를 북돋워주었습니다.

"리, 세계여행하는 데 돈이 많이 드는 것 아니야. 호텔에 묵지 않고 여행자들 숙소에서 묵으면 별로 돈이 들지 않아. 동남아, 인도, 중남미 같은 데는 물가가 엄청나게 싸, 1박에 2,3달러 하는 숙소들도 많아."

그녀가 보여준 책이 바로 서양배낭족들의 바이블인 여행정보책자 『론리 플래닛』 시리즈였어요. 그녀가 갖고 있는 한국 여행정보책자에는 싼 숙소와 식당 그리고 대중교통수단을 이용해 찾아가는 방법 등 온갖 정보들이 자세히 적혀 있었습니다.

그렇게 해서 해외배낭여행이라는 것이 어려운 것이 아니라는 것을 알게 되었습니다. 단 하나, 여권, 그놈의 여권만 있으면 되는 거였습니다.

그래. 나도 지금 당장 떠나보는 거다.

그렇게 결심한 후, 마침 일본에서 유학하다 그곳에 뿌리를 내린 사촌형에게 편지를 썼지요. 초청 좀 해달라구요. 그러나 실망스럽게도 삼촌 이내만 가능하다는 내용의 답장이 날아왔습니다.

결국, 밖으로 나갈 수 있는 방법이 없었습니다.

저는 어느 날 홧김에 술을 마시다 문득 결심을 했습니다.

휴학을 하자.

이렇게 공부만 하며 학창생활을 하는 것이 억울하기만 했습니다.

물론 집에서는 반대를 했지요.

하지만 저에게는 인생의 유예기간이 절실하게 필요한 시점이었습니다.

배회하던 시절

나중이야 어찌 되든 일단 휴학을 하고 나니 세상이 다 제 세상이었습니다.

휴학계를 내고 제가 가장 먼저 한 일은 도시를 그냥 돌아다닌 것입니다. 아무 갈 곳도 없이, 할 일도 없이 돌아다니던 한낮의 거리는 한적했습니다. 그 텅 빈 거리에 앉아 지나가는 사람들을 구경하며 스스로 행복에 겨워했습니다.

그렇습니다. 그처럼 행복한 시절이 또 어디 있겠습니까?

저는 학생이었지만, 또한 잠시 학생이 아니었습니다.

미래가 있었지만, 그 미래로부터도 잠시 떨어져 나온 '아무것도 아닌 사람'이었습니다.

그 '아무것도 아닌 상태'가 저를 한없이 자유롭게 했습니다.

아무것도 아닌 저는 종로의 어느 허름한 음식점에서 싸구려 밥을 먹었고, 아무것도 아닌 저는 낮술에 취한 채 거리를 걸어다녔습니다. 아무것도 아닌 저는 노숙자처럼 거리의 길 구석에 누워 잠을 자기도 했으며, 아무것도 아닌 저는 불쌍한 노인처럼 파고다공원 벤치에 앉아 있기도 했습니다.

이상한 사람들도 많이 만났는데 인사동에서 만난 자칭 초능력 소유자는 아직도 기억나는군요. 그는 자신의 경지가, 영화를 보다가 염력으로 화면을 중단시키는 데까지 도달했다고 했습니다. 초능력으로 왜 영화를 중단시켜야 하는지를 모르겠지만, 어쨌든 지금 당장 극장에 가면 보여줄 수 있다고 하는 그의 제의를 사양한 적이 있었지요. 영화비를 제가 내면서까지 그의 실험에 동참하고 싶지는 않았습니다.

다단계판매 선전원 꼬임에 빠져서 어느 설명회에 갔다가 분위기가 수상해 일찍 나오려다 온갖 욕을 다 먹은 적도 있었고, 우연히 장충체육관에서 어느 종교 집회를 본 적도 있었습니다. 보름달 빵을 무료로 주기에 그냥 들어가본 것인데 가관이었습니다. 교주가 무대에 등단하자 온 군중은 열광하고…… 저는 자꾸 웃음이 나왔습니다만.

궤도를 벗어나니 온갖 종류의 사람들을 만날 수 있었습니다. 그런 도시의 풍경이 재미있었습니다.

삶에는 한 가지 길만 있는 것은 아니며, 학교에서 배운 것들은 이런 궤도를 이탈한 삶들 앞에서는 무용지물이 될지도 모른다는 예감을 느끼곤 했지요.

그것은 모두 저에게 좋은 경험이었으며, 머지 않아 궤도를 이탈할 저에게 적절한 훈련이 되었습니다.

　그렇게 세상을 배회하며 저는 꿈을 키웠습니다.

　워크맨에서 흘러나오는 실크로드 음악을 들으며, 언젠가 그 길을 가리라고 굳게 다짐하며 저는 걷고 또 걸었습니다.

기쁜 우리 젊은 날

한국의 산하도 많이 걸었습니다.

돈이 넉넉치 않으니 배낭에 코펠, 버너, 그리고 식료품과 담요 하나 집어넣은 채 훌쩍 여행을 떠나곤 했습니다.

이름 모를 산길을 걷다 자고 싶으면 담요를 둘둘 말고 잠을 잤어요. 하늘에 부서지는 별을 바라보며 잠을 자던 그 순간이 말할 수 없이 행복했습니다.

정처 없이 걷고 걷다 허름한 여인숙에서 잔 적도 많았는데, 대개 값을 깎아주었습니다. 행색이 초라한 저를 보고 자식 같다며 값을 깎아주는 아줌마, 아저씨들이 저를 감동시키곤 했습니다.

정말 우리 산하는 아름답습니다. 그때는 잘 몰랐어요. 후일 세계를 돌아보고 나니 정말 이만한 나라가 없다는 생각이 들더군요. 금수강산이 괜한 말이 아니었어요. 산이야 세상에 많이 있지만 기암절벽에 깊고 맑은 계곡물이 철철 넘쳐 흐르는 설악산, 오대산, 소금강, 지리산 등등의 산은 그리

흔한 것이 아니었습니다.

동남아시아의 바다가 야자수나무 그늘 드리워진 낭만적인 곳이기는 하지만, 차고 서늘한 바닷물, 시원한 바닷바람을 맛볼 수 있는 곳은 아닙니다. 가을단풍, 허파까지 시린 공기, 하얀 눈으로 뒤덮인 언덕은 또 어떻구요.

한국사람들은 가끔 해외에 나가 불평을 합니다.

"뭐, 대단하지 않네."

적어도 자연에 관한 한, 우리 것이 너무 아름다워 성에 차지 않기 때문이겠지요.

몇몇 사건들과 사람들은 지금도 선명하게 기억되는군요.

소금강에서 헛것을 본 적이 있어요.

오대산에서 소금강 쪽으로 넘어갈 때 비가 억수처럼 왔습니다. 혼자서 오솔길을 비를 맞으며 씩씩거리고 올라가고 있는데 제 앞에 남자 세 명이 있었습니다.

비를 맞아가며 올라가는 상대방을 향해 서로 미쳤다고 놀려대며 산을 올라갔습니다. 그렇게 몇 시간을 올라가니 숲이 끝나고 확 트인 곳이 나왔는데, 자욱한 안개, 아니 구름이 온 산을 뒤덮고 있어서 한치 앞도 보이지 않았습니다. 다만 드문드문 검은 전봇대만 보일 뿐이었습니다.

우리는 다행히 간신히 찾아낸 산장에서 하룻밤을 묵을 수 있었습니다. 짓다만 산장이라 으스스했지만 그런 대로 견딜 만했어요.

다음날 아침 해가 쨍쨍 내리쬐어 젖은 옷과 신발을 말릴 수 있었지요. 여유가 생긴 우리는 천천히 노인봉을 넘었고 소주잔을 기울여가며 늑장을 부렸습니다.

그것이 실수였어요. 우리는 길을 잘못 들었고 가도가도 계곡이었어요. 물이 얕았지만 분명 계곡이었는데, 길 이쪽저쪽에는 과거에도 많은 사람들이 다닌 듯 과자봉지들이 널려져 있었어요. 그래서 긴가민가하면서도 계속 내려가다 보니 어느 샌가 어둠이 몰려오고 있었습니다.

서서히 두려움이 몰려오고 있었지만 나이 두어 살 더 먹은 저는 책임감을 느끼며 앞장섰습니다. 어둠이 짙어져서 몇 미터 앞도 간신히 보일 정도였는데 드디어 앞에 하얀 산장이 보였습니다. 베란다도 있고 하얀 창살이 정교하게 갖추어진 아담한 산장이 나타난 것입니다.

안도감을 느끼며 다가가는 순간, 머리칼이 곤두서고 말았습니다.

그것은 하얀 집이 아니라, 그저 커다란 하얀 바위였던 것입니다.

이럴 수가?…… 가슴이 쿵쿵 뛰기 시작했어요. 허기가 지고 초조하다 보니 헛것이 보이기 시작한 겁니다. 입 안에 침이 바짝 마르고 있었어요. 뒤를 돌아보니 컴컴한 어둠 속에서 아무것도 보이지 않았습니다.

"어어이, 어어이……."

뒤떨어진 친구들을 아무리 불러보아도 응답이 없었습니다. 다시 되돌아갈까라는 생각도 들었지만 조금 더 앞으로 나가보기로 했습니다. 어쩌면 진짜 산장이 나타날지도 모른다는 희망을 안고.

한 오십 미터 나갔을까?

저는 얼어붙듯, 제자리에 멈춰 섰습니다. 누군가 몇 미터 앞 숲가에 웅크리고 앉아 있었어요.

"…… 사람이오?…… 사람이면 대답하라."

떨면서 물었습니다. 그러나 아무 응답도 없었습니다. 돌을 주워들고 조금씩 앞으로 나아갔지요. 아, 그런데 그것은 그저 숲가에 있던 검은 바위였습니다. 그 바위가 마치 배낭을 둘러메고 웅크린 남자처럼 보였던 것이지요.

으아아아. 저는 걸음아 날 살려라 돌아서서 뛰기 시작했습니다.

"어이, 친구들……, 어이……."

한참을 목이 터져라 부르며 올라가고 있는데, 멀리서 응답이 들리며 불빛이 반짝거렸습니다.

그 불빛이 얼마나 반가웠던지. 캄캄한 어둠 속에서 잠시 그들을 기다리는 도중, 절벽을 기어올라가 보았습니다. 가파르기는 했지만 그리 높지는 않았어요. 안간힘을 써서 올라가보니, 아, 그곳에 그토록 찾던 등산로가 있는 게 아닙니까?

그렇게 해서 다행스럽게도 우리는 텐트를 치고 일박을 할 수 있었는데 다음날 아침 가슴을 쓸어내리고 말았습니다. 우리가 잔 곳에서 한 100여 미터 정도를 더 가니 웅장한 폭포가 깊은 웅덩이 밑으로 요란한 물소리를 내며 떨어지고 있던 것입니다.

등골이 오싹해지고 말았습니다. 전날 밤, 그 캄캄한 어둠 속에서 멋모르고 앞으로 갔다가 그냥 미끄러져 굴러 떨어졌으면 그냥 황천행이었지요.

동해의 어느 디스코장의 디스크 자키도 생각이 납니다.

동해 근처의 무릉도원에 갔다 웬 학생을 우연히 만나 술을 마시다 밤늦게 동해 가는 밤버스를 탔습니다. 타자마자 곯아떨어졌지요.

얼마쯤 왔을까?

누군가 저를 깨우고 있었어요. 같은 버스에 탔던 남자 세 명과 여자 한 명이었습니다. 버스에서 내려 비틀비틀 걷고 있는데 누군가 다시 제 어깨를 쳤어요. 아까 그 여자였습니다.

"아저씨, 어디 가요?"

"나 설악산 가요. 설악산."

"와하하하. 아저씨 여기서 설악산이 어딘데요. 차 끊겼어요."

여자 옆에 서 있던 사내들이 왁자지껄 떠들었습니다.

술이 너무 취했던 저는 호기를 부리며 외쳤지요.

"아, 간다니까, 이거 왜 그래."

"오늘 하루 여관에서 자고 내일 가요."

여자가 그렇게 말했습니다.

"돈 없어."

서울에서 왔다는 아가씨는 비틀거리는 저를 부축해서 어디론가 데리고 갔습니다. 사내들은 중간에 사라졌구요. 아마 버스 안에서 그냥 옆에 앉았던 사람인 것 같았습니다.

여자가 저를 데려간 곳은 웬 디스코장이었습니다.

"아저씨, 내 친구가 여기 디스크 자키예요. 내가 말해줄 테니까 여기서 자요."

그렇게 말한 서울 아가씨가 잠시 후 웬 젊은 사내를 데리고 나왔습니다.

"어디서 왔어요?"

"서울이요."

"내가 재워줄 테니, 그 대신 친구처럼 반말해."

지금 생각하면 참 착한 사람들이고 보기 드문 인정이었습니다.

디스코장 구석에 앉아 있자니 웨이터가 맥주도 갖다주대요. 물론 돈은 받지 않구요. 디스크 자키 친구니까요. 저는 내친 김에 플로어에 나가 춤도 췄지요. 그렇게 밤늦게까지 놀고 영업이 끝나자 주인인 듯한 사내가 종업원들을 불러 모았습니다. 탁자 위에는 커다란 케이크가 놓여 있었습니다.

"에, 오늘 우리 디스크 자키 ○○의 생일이다. 생일을 축하하기 위해 일부러 서울에서 친구가 내려왔다. 자, 우리 모두 박수로 환영하자."

졸지에 친구의 생일을 위해 멀리서 찾아온 사람이 된 저는 일어나서 꾸벅 절을 했습니다.

케이크를 먹고 술을 마시는데, 친구가 물었습니다.

"너도 집 나왔냐?"

"…… 뭐, 그런 셈이지."

저는 그에게 휴학생이니 뭐니 하는 얘기를 하고 싶지 않았습니다. 배부른 녀석 잠꼬대 같은 얘기처럼 들릴 것만 같아서요.

"나도 집 나온 지 벌써 일 년째다. 엄마가 해주는 따뜻한 밥 먹어본 지 정말 오래 됐다."

친구는 우울한 표정으로 말을 했습니다.

"어쨌든 고맙다. 이렇게 대해줘서."

"뭘…… 저 안에 방이 있으니까, 그 안에서 자."

그때 빼꼼히 문을 열고 서울 아가씨와 그녀의 친구인 여자 디스크 자키가 남자 디스크 자키를 불렀어요. 그러자 종업원 중의 하나가 그들을 향해 날카롭게 소리쳤습니다.

"야, 이 XX년아, 이리 들어와봐."

"뭐야?"

날카롭게 응답하며 째려보던 여자 디스크 자키는 문을 닫고 나가버리고 말았습니다. 평소에 사이가 좋지 않았나 봅니다.

"야, 너 저 년하고 무슨 사이야."

제 친구 디스크 자키에게 사내가 험상궂게 외쳤습니다. 아마 여기를 장악하고 있는 주먹 같았어요.

"…… 아무 사이도 아니야."

제 친구는 주눅 든 목소리로 대답했습니다.

"저 년하고 상대하지 마, 저 XX년 내 언젠가 죽여버릴 거야. 기집애가 버릇없이 엉겨?"

살벌한 분위기가 계속 이어지다 다소 기분이 누그러진 깡패 같은 사내가 저를 보며 말했습니다.

"그래, 내가 오늘 참는다. 여기 서울에서 온 친구도 있고 하니…… 술이나 들자. 그런데 너는 왜 집을 나왔냐?"

"예?"

깡패 같은 사내는 느닷없이 저에게 질문을 했고, 저는 답할 말이 없었습니다. 사회가 어쩌니, 방랑이니, 휴학이니 이런 얘기하다가는 맞을 것만 같았습니다.

"…… 아버지가 싫어서."

결코 아버지 때문에 휴학한 것은 아니었지만 얼떨결에 아버지를 팔았지요. 제 말을 들은 사내는 저를 가만히 쳐다보더니 피식 웃고 말았습니다.

"그래, 세상의 꼰대들은 다 그렇지…… 어쩔 수가 없어. 자, 술이나 마시자."

"예."

조마조마한 마음으로 술을 마시다 슬그머니 골방에 들어와 잠을 자고 있는데 어디선가 와당탕 소리가 나더니 고함 소리가 났습니다.

"야, 다 이리로 나와. 그 새끼들과 한판 붙었다."

우르르 발소리가 나며 사내들이 어디론가 뛰어가고 있었습니다. 패싸움이 붙은 것 같았어요.

술 취한 저는 나가볼까 하다, 깡패새끼들 아무나 이겨라라고 중얼거리며 그냥 쓰러져 잤습니다.

아침에 일어나니 디스코장에는 아무도 없었습니다. 제 친구 디스크 자키를 찾으려 해도 보이지가 않았습니다.

속도 쓰리고 언제까지 그를 기다려야 할지도 모르겠고, 또 그 깡패새끼도 보고 싶지 않아, 저는 간단한 쪽지를 남기고 그곳을 떠났습니다.

언제 다시 만날지 모르지만 잊지 않을게. 그리고 언젠가 어머니의 따뜻한 밥을 먹게 될 날이 오기를 바란다. 고맙다.

몇 년 후, 저는 두 차례 정도 동해에 더 들렀습니다. 그때마다 그 디스코장을 다시 찾아보려 했으나 도무지 찾을 수가 없었어요.

지금도 그 착한 친구들이 고맙습니다.

그 시절, 그렇게 떠돌며 낯선 사람 만나는 것이 왜 그리도 재미있었는지…….

지리산 천왕봉에 올랐을 때 만난 사람도 생각납니다.

노고단에서 천왕봉까지 종주를 하다가 각각 혼자 온 세 명의 사람들을 만났습니다.

그 아름답고 험한 지리산을 우리는 빨치산처럼 빠르게 탔습니다. 그리고 천왕봉 오르기 전날 밤 장터목 산장에서 1박 하던 날, 누군가가 화투를 치자고 했습니다. 둘씩 편을 갈라 하는데, 충남 유성에서 온 친구와 제가 한편이 되었고, 그는 내기를 제안했습니다.

"지는 사람들은 지금 천왕봉까지 갔다오기요."

천왕봉. 낮에 가도 두어 시간을 가야 하는 천왕봉이었는데, 그밤에 천왕봉이라니. 하지만 술 한 잔을 걸친 우리는 낄낄대며 약속을 했지요.

그런데 그 유성친구와 제가 졌습니다.

"어떻게 해요, 가야지."

유성친구는 코펠, 버너, 라면, 물만 챙기고 앞장섰습니다.

"어디 가?"

장터목 산장주인이 놀라서 물었습니다.

"세석 산장 갑니다."

일부러 하루가 꼬박 걸릴 곳을 크게 외쳤지요.

"뭐?…… 거기가 어딘데. 그래, 가라, 가."

문 밖을 나오는 우리에게 주인이 중얼거렸습니다.

"미친놈들."

그렇습니다. 우리는 미친놈이었지요. 술취한 젊은애들의 객기였습니다. 지금은 하라고 해도 못할.

우리는 랜턴을 비추며 정신없이 등산로를 따라 올라갔지요. 10월 초, 지리산의 밤공기는 꽤 싸늘했지만 다행히 달빛이 밝아서 갈 만했습니다.

얼마쯤 갔을까?

굵은 통나무를 기어서 건너고 굴처럼 뚫린 통천문을 지나 굵은 모래가 깔린 급한 경사 길을 기어 올라가는데 뭔가 팻말이 보였어요. 랜턴으로 비추어보니, 이런 글이 씌어 있었습니다.

주의. 해마다 이곳을 기어오르다 추락사가 일어나니 오르지 마시오.

아이고. 밑을 내려다보니 아찔했습니다. 오도가도 못하는 신세였지만 그냥 오르기로 했지요. 그렇게 해서 우리는 결국 천왕봉에 올랐습니다.

구름 한점 없는 하늘에 휘영청 커다란 달이 떠 있었는데, 갑자기 유성친구가 합장을 하고 달을 향해 절을 했습니다. 그 모습이 너무 진실되게 보여, 저도 모르게 같이 절을 했지요. 아무 생각 없이 그렇게 절을 따라 하고 난 후 그에게 물었습니다.

"왜 절을 했소?"

"하…… 제가 이제 한 달 후면 결혼합니다. 마음이 착잡하고 무거워요. 제 나이 이제 스물여섯인데 벌써 결혼이라니……."

그는 억울한 듯 하늘의 달을 다시 쳐다보았습니다.

"그럼, 뭐하러 그렇게 일찍 해요?"

"아이고, 우리 아버지가 어떤 사람인데, 난 빨리 결혼해야만 해요."

결혼, 스물여섯에 결혼이라…… 만약 우리 아버지가 그와 동갑내기였던 저에게 결혼을 강요했다면? 저는 아마도 절벽에 몸을 던졌을 겁니다.

천왕봉에서 절하고 라면 끓여 먹고 새벽에 다시 장터목 산장으로 돌아오니 날이 밝고 있었습니다.

한국의 시골을 여행하는 동안 저는 한국사람들 인심이 참 좋다는 것을 많이 느꼈습니다.

한겨울 동해안을 끼고 도는 길을 걷다 쌓인 눈을 녹여 라면을 삶아 먹는 저를 보고 자기 집으로 데려가 밥을 먹여주고 재워주던 어느 어부도 잊을 수 없습니다.

거제도 장승포에서 해금강까지 도보여행 중, 학동에서 만난 어느 아주머니는 삶은 고구마를 건네주기도 했습니다.

그 고구마를 먹으며 동백나무 숲 속으로 들어갔을 때 어둠은 이미 세상을 뒤덮고 있었습니다. 아무도 없는 시커먼 밤길에는 철썩거리는 파도 소리와 바람 소리만 가득했습니다.

조금 무서워진 저는 노래를 불렀습니다.

일출봉에 해 뜨거든 날 불러주오. 월출봉에 달 뜨거든 날 불러주오. 기다려도, 기다려도 님 오지 않고…….

아무도 듣는 이 없는 그 길이었지만 목청껏 노래를 부르니 어둠도, 파도도 무섭지 않았습니다.

그러다 어둠 속을 달리던 트럭을 얻어 탔지요.

해금강 근처의 공사장을 오가는 트럭이었습니다.

"맞아. 젊은 학생들이 이렇게 용감하게 돌아다녀야지."

제가 보기에 그도 꽤나 젊어 보였는데, 저를 아이 취급하고 있었습니다. 하지만 어쨌든 고마웠습니다.

그의 도움으로 해금강에 도착하니 가겟집이 두 채 있었어요.

그중 한 가겟집에 들어가 민박을 청했지요. 그런데 그 민박집의 큰아들이 그만 저에게 반하고 말았습니다.

부산대학에 다니던 아주 똑똑한 친구였는데, 몇 살 어린 그는 장승포에서부터 여기까지 밤길을 걸어왔다는 저를 감탄의 눈초리로 보기 시작한 겁니다.

왜 이렇게 걸어다니며 여행하냐는 그의 질문에, 잘 생각은 나지 않지만 저도 잘 모르는 철학적인, 문학적인 말을 늘어놓았던 것 같아요.

스물여섯 살의 아이의 말이 얼마나 유치했겠습니까만은, 그는 저에게 딱 속아넘어가기 쉬운 스물한 살의 어린 아이였습니다.

제 얘기를 넋이 빠져 듣던 그는 갑자기 밖으로 나가더니 작은 항아리를 들고 왔습니다.

"이기 우리 아부지가 담근 긴데, 우리 고마 마십시다."

마다할 리가 없었습니다. 이렇게 해서 우리는 그의 아버지가 담근 밀주를 허락도 없이 해치우기 시작했는데, 술 취한 그는 오징어와 김치와 땅콩도 그냥 가져왔지요. 그들의 부모는 다른 방에서 가라오케 오디오를 틀어놓고 구성지게 노래를 부르느라 자식이 도둑질하는 것을 알 리가 없었습니다.

그 다음해 저는 고등학교 동창과 함께 그 길을 다시 걸었습니다. 은근히 해금강가에서 그 가겟집 아들을 다시 만나기를 고대했지만 학생은 군대에 입대했다고 하더군요.

그 엉터리 같던 저의 애기를 넋이 빠져 듣던 그가 지금은 저를 웃기는 녀석이었다고 기억하고 있을지도 모르지요. 저는 낯이 뜨겁기는 하지만 그래도 그 시절이 참 그립습니다.

또 하나 느낀 것은 그 시절 우리나라 사람들은 정말 반공정신이 강하다는 것이었습니다.

경주 토함산에서 석굴암을 본 후 감은사지를 거쳐 수중왕릉이 있다는 감포까지 걸어갈 때였습니다.

하루 종일 걷는 가을길은 즐겁기도 했지만 힘이 들었습니다. 발에 물집이 조금씩 생기고 있었어요.

절뚝거리며 걷다 보니 멀리 하늘 중간에 회색빛 선이 하나 그어져 있었습니다. 밑은 회색빛, 위는 뿌연 하늘…… 저게 무엇일까? 바다? 설마 수평선이 저렇게 높게 있을려구…… 그런데 그게 바다였습니다. 바다가 그렇게 높게 보인 적은 처음이었어요.

어쨌든 저는 기쁨에 넘쳐 힘차게 걸었습니다.

가다 보니 길이 두 갈래 길이었습니다. 마침 자전거를 타고 지나가는 사내가 있어 물었지요.

"아저씨, 감포 가려면 어디로 가야 합니까?"

사내는 슬그머니 저를 살피더니 무심하게 한쪽을 손으로 가리켰습니다. 과연 그 방향으로 가니 마을이 나타나더군요.

드디어, 바닷가.

갈매기들이 날고 있었습니다. 비릿한 바닷내음을 맡으며 갈매기들을 바라보는 순간, 온몸에서 희열이 넘쳐 흘렀지요. 만약 버스를 타고 이곳에 쉽게 왔다면 아무 감흥이 없었을 것입니다. 그러나 이른 아침, 불국사에서부터 하루 종일 걸어온 저는 가슴이 터지는 환희를 맛보고 있었습니다.

그때 어디선가 날카로운 소리가 들려왔습니다.

"손들어!"

하도 그 소리가 위력적이어서 엉겁결에 손을 들고 뒤를 돌아보았는데, 경찰관은 권총을, 빨간 명찰의 해병대 병사는 자동소총을 저에게 겨누고 있었습니다.

"왜, 이러십니까?"

"여기는 왜 왔소?"

"여기요?…… 구경하러 왔는데요."

"구경? 이 겨울에 여기 구경할 게 뭐 있다고?"

"……"

아이고, 할 말이 없었습니다. 그저 떠도는 이 낭만을, 걷고 걸어다니는 이 심정을 총을 겨눈 그들에게 어떻게 설명할 수 있겠습니까?

결국 저는 경찰서로 연행되었습니다. 배낭 안에 있는 짐을 다 꺼내놓고 검사를 받았지요.

때 찌든 속옷, 안 빤 양말, 코펠, 버너, 쌀, 감자, 양파, 봉지에 넣은 된장 그리고 커다란 한국 지도.

경찰관은 지도를 세심하게 보며 물었습니다.

"도대체, 이 지도는 왜 갖고 다니는 거야."

"여행하려면 지도가 필요하잖아요."

"여행하는 데 지도가 왜 필요해. 버스나 기차 타면 되잖아."

"물론 그렇지만, 걸어다닐 때도 있고…… 또 어디로 갈지 목표를 정해 놓지 않은 채, 되는 대로 다니려면 지도가 필요해요."

"나, 참…… 허허."

제 주민등록증을 조회한 후 아무 이상이 없자 경찰은 표정을 풀었습니다.

"그러니까, 휴학한 후 이렇게 떠돌아다닌단 말이지…… 야, 멋있다. 나도 한번 이렇게 여행해봤으면 좋겠네. 어이, 김 순경, 여기 커피 좀 갖고

와."

이렇게 해서 저는 커피 한 잔을 대접받았습니다.

"이해해줘. 자네도 알다시피 이 해안지방은 다 이래. 사실은 신고가 들어왔어. 자기가 자전거를 타고 오는데 감포 가는 길이 어디냐고 묻는 거동이 아주 수상한 자를 발견했다는 거야. 산에서 내려오는 것 같은데 신발에 흙이 많이 묻은 것 같았다나."

하긴, 저도 학교에서 그런 교육을 받은 적이 있었지요. 산에서 내려오는데 신발에 흙이 많이 묻고 근방 지리를 잘 모르는 사람들은 꼭 신고해야 한다는 그 교육. 그런데 제가 당한 것입니다.

아, 그러나 몇 번을 그런 일을 당한다 해도 다시 그 시절로 돌아가고 싶군요. 그 아름다운 산하와 인정이 정말 그립습니다. 그리고 작은 이탈이었지만 그렇게 떠돌아다녔던 낭만이 그립습니다.

어느 소설 제목대로 기쁜 우리 젊은 날이었습니다. 젊었기에 늘 마음이 아프고 괴로웠지만 또한 가슴 두근거리는 호기심과 열망이 있었습니다.

이제는 다시는 돌아갈 수 없는 시절입니다. 영원히……. 그래서 더욱 기쁜 우리 젊은 날로 기억되는지도 모르겠습니다.

직장에 안주하다

졸업 무렵에 여러 신문사 및 방송사 입사시험을 쳤으나 모두 떨어졌고, 졸업 후, 백수생활을 조금 하다 운 좋게 대기업에 입사했습니다.

그러나 그곳에서 별 흥미를 느끼지 못한 저는 몇 개월 만에 나와 절에 들어갔습니다.

머리를 깎고 수행한 것이 아니라 신문사나 방송국에 들어가기 위해 시험공부를 좀 했지요. 그런데 또 떨어졌습니다.

지금 생각하면 아주 잘 된 일입니다. 투철한 정신도 없이 외국에나 나가고 싶어 지원했던 놈, 되어보았자 몇 년 후에 또 그 직장을 나왔을 테니까요.

다시 백수가 되려는 찰나, 우연히 신문에서 K항공사 신입직원 뽑는 광고를 보고 시험을 쳐서 들어갔습니다. 운이 좋았고, 아슬아슬했습니다. 58년 개띠는 응시 기회가 그 해가 마지막이었으니까요.

그렇게 늦깎이 사회인이 된 저는 결심했지요.

이제 착실히 직장생활을 하자. 그만큼 방황했으면 됐지…….

제가 그렇게 마음먹을 수 있었던 이유는 그곳에서 6년 정도만 근무하면 당연히 세계 각지에 흩어진 해외지사에 파견 나갈 수가 있었기에 그랬습니다.

물론 배낭을 메고 세상 구석구석을 돌고 싶었지만 그 시절 누구나 여권을 얻을 수 없는 시절이었기에 저는 그렇게라도 마음을 달랬습니다.

그러나 하루하루 반복되는 지겨운 일상 속에서 사그라지는 제 꿈을 바라보며 저는 늘 고민했지요.

내 인생, 똑같은 일상 속에 이렇게 파묻혀야 하나? 해외지사에 파견된다 해도 그것은 여행이 아니라 일일 뿐, 과연 나는 이 직장에서 내 인생을 마쳐야 하는 것일까? 과연 삶의 의미는 무엇인가?

결혼이라도 하고 애라도 있었다면 다른 생각은 함부로 하지 못했을 것입니다. 그러나 저는 20대 후반의 팔팔한 총각이었고 결혼은 꿈도 꾸지 않을 때였으니, 제 자신의 인생에 대해서만 생각을 하고 있었지요.

울분을 풀기라도 하듯, 미친 사람처럼 책을 읽었습니다. 습관에 길들여지는 저를 깨우기 위해서.

예전에 읽었던 니코스 카잔차키스의 책들을 다시 보기 시작한 것도 그 무렵이었습니다.

『그리스인 조르바』를 읽으며 저는 절망했지요.

자유, 얼마나 그 자유를 원했던가.

그런데 저는 그 자유의 삶을 누릴 자격이 없어 보였습니다. 어느 샌가 저는 매달 나오는 월급을 위안 삼아가면서 한달한달을 버티고 있었습니다. 고민하다 보면 월급날이 다가오고, 고민하다 보면 보너스가 나왔지요.

그렇게 저는 이중적인 태도로 살고 있었습니다.

머리 속으로는 자유를 그리면서, 몸은 한끼의 식사를 즐겼습니다. 어떻게든 여행할 길을 모색하면 될 수 있으련만 저는 적당한 핑계를 대며 스스로 안주하고 있던 것이지요.

그 이중적인 가치와 삶의 태도 속에서 제 정신은 분열되고 있었습니다. 이러지도 저러지도 못한 채 세월을 보냈지요. 제 자신을 활활 태우고 싶었으나 정신과 몸은 물 젖은 숯처럼 타오르지 못하고 있었습니다.

거리를 달리며

어느 날, 코미디언 이기동 씨가 죽었습니다.

〈웃으면 복이 와요〉에서 '닭다리 잡고 삐약삐약' 하며 어린 저를 웃겨주었던 그 코미디언이 세상을 뜬 것입니다.

이기동 씨는 그 시절 제가 근무하던 서소문 K항공 본사 근처의 병원에서 투병생활을 하고 있던 중이었습니다.

비가 부슬부슬 내리던 출근길에서 그의 영구차 행렬을 보았습니다.

그리고 그날 점심시간에 구내식당에서 식판을 들고 서 있었는데, 자꾸 그 광경이 눈앞에 어른거렸어요. 그처럼 남을 웃겨주던 사람이 그렇게 길을 가는 것을 보니 그만 세상이 못견디게 허전해지고 만 것입니다.

저도 언젠가 저렇게 저 길을 갈 것이라고 생각하자 불현듯, 초조해지기 시작했습니다. 한때 바깥세상으로 훨훨 날아가겠다는 꿈을 갖고 있던 제가 한끼를 먹기 위해 식판을 들고 긴 줄에 서 있다는 사실이 너무도 초라하게 느껴졌던 거지요.

차라리 이 몸이 새라면…….

물론 배가 덜 고파서 아직 정신을 못 차렸다고 비아냥거리는 분도 있겠지요.

맞는 말입니다. 사는 게 그리 간단치 않지요. 꿈이 밥 먹여주는 건 아니니까요.

그러나 어디 인간이 밥만 먹고 삽니까? 밥이 필요한 만큼 꿈도 필요하지 않습니까?

고민이 되었습니다.

그날 밤 한동안 멈추었던 달리기를 시작했습니다. 늦은 밤, 불광동에서 구기터널까지 달리며 제 거친 호흡 소리를 다시 들었습니다.

그냥 뛰고 싶었어요.

잠을 자려고 자리에 누워 있다가도 좌절된 젊은 날의 꿈이 생각나면, 그대로 자리를 박차고 일어나 인적 없는 밤거리를 달리고 또 달렸습니다. 뛰다 보면 모든 고민이 다 잊혀졌거든요.

제가 기르던 새끼 거북이를 놓아준 것도 아마 그 무렵의 일인 것 같군요.

그때부터 저는 주말이면 집을 떠났습니다. 공휴일에 집에 있던 날은 거의 없었습니다. 1월 1일 차례를 지낸 후에도 배낭을 메고 겨울 설악산으로 떠날 정도였지요.

저는 미친 듯이 산을 탔고, 거리를 뛰었고, 바닷가를 걸었습니다. 언젠가, 꼭 제 꿈을 이루고 말리라고 다짐하며 그렇게 걷고 달렸던 것입니다.

첫 여행

여권을 손에 쥐다

1988년 7월 어느 날.

제 손에는 그토록 갖고 싶었던 여권이 들려져 있었습니다.

이것이 생시일까를 의심하며 손으로 제 살을 꼬집어도 보고, 여권을 가슴에 끌어안고 방구석에서 몸부림을 쳐보기도 했습니다. 도저히 믿어지지 않았어요.

얼마나 갖고 싶어했던 것입니까?

이것만 있으면 비행기를 타고 저 외국이라는 곳을 갈 수 있는 겁니다.

예전에 김찬삼 선생은 여권을 손에 쥐던 날, 그것을 가슴에 꼭 껴안고 잠을 설쳤다고 합니다.

저도 밤새도록 잠을 이룰 수가 없었습니다.

세상은 오래 살고 봐야 했습니다.

6공 정부는 1988년 7월 1일부로 만 삼십 세 이상을 대상으로 여행자유화를 시켰던 것입니다. 1989년 1월 1일부터는 완전 자유화했구요.

　저의 생일이 4월이기에 저는 1988년 7월 1일을 넘길 때, 이미 만 삼십 세였습니다. 그날을 넘기자마자 수속을 밟아 7월 중순 여권을 얻었고, 8월 초 일요일과 휴일을 껴서 9일간의 휴가를 신청했습니다.

　그리고 대만으로 떠났습니다. 대만을 간 이유는 비행기삯이 가장 싸다는 이유도 있었지만, 화교학생 때문이었어요. 대학시절 중국어 공부를 잠시 한 적이 있는데 그때 연희동 화교학교 근방의 가겟집에서 고3짜리 화교를 우연히 만났어요. 그후 저는 그에게 중국어를, 그는 저에게 영어를 배웠습니다.

　그래서 친근감이 들었기 때문에 첫 여행지로 대만을 선택했던 것이지요.

여권

좌충우돌 출국

잘 있거라 사람들아, 나는 간다.

김포공항 가는 버스를 타고 가며 출근하는 사람들에게 그렇게 속으로 외쳤습니다.

서울을 빠져 나오는 길이 너무도 황홀했습니다.

다시 돌아오고 싶지 않다는 생각이 들더군요.

그렇게 흥겹게 시작된 첫 여행은 처음부터 좌충우돌, 뒤죽박죽이 되고 말았어요.

이내 폐지되었지만, 제가 처음 나가던 1988년 8월만 해도 병역을 마친 사람은 동사무소에서 국외여행신고서를 떼어서 공항의 병무신고처에 제출해야 했습니다.

그런데 저는 아무것도 모른 채 그냥 공항에 나갔던 것입니다.

아이고, 그때부터 허둥지둥거렸던 생각을 하면…… 불쌍한 우리 어머니는 상계동 동사무소로 뛰어가서 국외여행신고서를 떼어 갖고 허겁지겁

공항으로 달려오셨고, 저는 무전기를 든 항공사 직원과 같이 비행기를 향해 뛰었습니다. 그렇게 아슬아슬하게 비행기를 탈 수 있었지요.

드디어 비행기가 이륙했습니다.

야, 정말 가는구나. 정말로…… 그렇게 소년시절부터 그리워했던 것을 이제야 이루는구나.

다리가 덜덜 떨리고 오금이 저려왔어요. 눈가에 이슬도 맺히고 있었구요.

흥분이 서서히 가라앉을 무렵, 예쁜 스튜어디스들이 기내식을 주더군요.

이게 기내식이라는 것이로구나.

또 감격했습니다.

항공사에서 교육받을 때 말만 들었지 처음 먹는 기내식이었어요. 저는 무엇이든 주는 대로 다 받아먹고 꼬냑도 한 병 샀습니다. 대만에서 팔기 위해서였지요.

두 시간 정도 될 때쯤, 기내방송이 나오기 시작하더군요. 한국말과 함께 쌀라쌀라 중국말이 흘러나오고 있었는데 그 소리가 마치 흥겨운 음악처럼 들리기 시작했어요.

드디어 비행기는 타이베이를 향해 점점 고도를 낮추기 시작하다 요란한 굉음을 내며 타이베이의 중정공항에 도착했습니다.

저는 외계의 어느 별에 도착한 사람처럼 두근거리는 가슴을 지그시 누

LOEWE
Thom
花 花 花

르며 비행기에서 나와 통로를 걸어갔습니다. 통로에 붙어 있는 중국어로 쓰여진 간판들, 무전기를 들고 중국말을 하는 사람들, 묘한 향신료 냄새가 저를 황홀하게 만들고 있었어요.

난생 처음 입국심사를 받았습니다. 입국도장을 쾅 받고 입국했을 때, 제 몸은 가볍게 떨려왔습니다.

공항 밖으로 나오니 후덥지근한 열기가 온몸을 덮쳐오고 있었습니다. 버스를 타니 중국어 방송이 나오고 있었고, 차 안에서 중국사람들이 중국말로 떠들고 있었어요. 중국말이야 들어보았지만, 모든 사람이 다 중국말을 한다는 그 자체가 정말 신기했습니다.

시내로 들어오자 알록달록한 한자 간판들이 보이기 시작했습니다. 중국영화에서나 보던 그런 풍경들을 바라보며 저는 마치 영화 속으로 들어온 듯한 착각에 빠지고 말았습니다.

종점에서 내린 저는 싸구려 숙소를 향해 걸었어요. 예전에 미국배낭족의 여행정보책자에서 베껴둔 정보가 조금 있었거든요.

땀을 뻘뻘 흘리며 찾아간 그곳은 너구리 소굴 같은 곳이었어요. 좁은 골목길의 허름한 건물 3층에 있었는데 들어가 보니 이게 웬일입니까? 그곳에는 온통 서양사람들로 우글거렸습니다. 모두 배낭족들이었지요. 기숙사 형식으로 되어 있는 그곳은 1박에 한국 돈으로 4, 5천원 정도였습니다.

그제서야 제대로 찾아왔다는 생각이 들었습니다. 그 옛날 영국여자가 말하던 싼 배낭여행자 숙소가 이런 데를 말한 것이었어요.

그곳은 세계를 떠도는 방랑자들의 집합소였습니다.

허름해도 저는 이런 방랑자들이 모이는 편안하고 흥겨운 곳이 좋았습니다.

고향에 온 듯한 푸근함을 느끼며 짐을 푸는데, 웃옷을 벗고 침대에 누워 있던 서양친구가 인사를 건넸습니다.

"하이."

그는 미국인으로서 타이베이에 온 지 일주일째라 했습니다. 그후 이런 숙소에서 만나는 여행자들은 모두 쉽게 친구가 되었습니다. 서로 동지의식을 느끼거든요.

후일, 여행을 계속하며 나쁜 부류도 있는 것을 알게 되었지만, 대부분의 여행자들은 모두 소박하고 정이 많았습니다.

제 몸에서 풋내기의 싱싱함이 느껴져서였을까요?

그는 저를 친절하게 대해주며 타이베이 시내의 먹을 곳, 볼 곳 그리고 주의할 점들을 알려주었습니다. 그에게서 가이드북을 빌려 필요한 정보를 노트에 적은 후, 밖으로 나왔습니다.

할 일이 있었어요.

사실, 전 화교친구의 도움을 받아 버섯, 인삼 엑기스 등등의 물품을 사 갖고 왔는데, 이걸 팔아야 했습니다. 그것은 주로 화교학생들이 쓰던 방법이었는데 한국에서 그런 것들을 사서 대만의 상인들에게 넘겨주고, 또한 대만에서 올 때 배드민턴, 소니 녹음기, 참기름 등을 사와 한국에서 팔면 비행기삯과 여행비용이 빠진다는 얘기를 들었거든요.

보따리장수 같은 느낌이 들어 조금 어색했으나 그래도 재미있었습니다.

나오니 어디로 가야 할지 막막했습니다.

중산북로, 중산남로, 남경동로, 남경서로…….

가게의 주소가 적힌 종이가 있긴 있었지만 낯선 거리에 서니 감이 안 잡혔지요. 일단 멀리 갈 것 없이 그 근처에서 해결하겠다고 마음먹었습니다.

마침 근처에 인삼 파는 곳이 보였어요. 무작정 들어갔지요.

"어…….”

머리 허옇게 벗겨진 중국 노인 앞에 서 있으려니 서툰 중국어나마 나오질 않았습니다.

"어…….”

"선머(뭐야)?"

주인이 짐을 들고 서 있는 저를 보며 이상한 눈초리로 바라보았습니다.

간신히 예전에 배운 중국어로 물건을 팔고 싶다는 의사표현을 했습니다.

"허…….”

주인은 인삼 엑기스를 이리저리 보고, 상표를 읽어보았어요. 주변사람들이 신기한 표정으로 다 모여들었습니다. 한국인삼이 유명하기는 한가

봐요.

그렇게 해서 저는 꽤 짭짤하게 이익을 붙여서 인삼을 팔아치웠습니다.

뿌듯했습니다.

저는 다시 용기를 내서 버섯을 팔러 다녔으나 버섯을 사겠다는 사람은 없었습니다. 할 수 없이 여차저차 사람들에게 묻고 물어, 한 시간 정도를 걸어 화교학생이 적어준 가게를 찾아가 팔았지요.

버섯을 팔고 나니 꼬냑이 남았는데, 그건 쉬웠습니다. 어느 술집에서 팔아치우고 나니 캄캄한 밤이 되더군요.

콧노래를 부르며 낯선 거리를 걸어 숙소로 돌아오는 데 뭔가 해냈다는 사실이 정말 기뻤습니다.

그러나 그건 처음이자 마지막이었어요.

그후, 저는 이런 행동을 하지 않았고 남에게도 권하지 않았습니다. 여행만 하고 싶었고, 또 많은 한국인들이 그런 행동을 해 문제가 된다는 것을 알고 나서는 딱 끊었습니다.

아무것도 몰랐기에, 첫 여행이었고, 첫 경험이었기에 그랬습니다.

그런데 처음에는 그런 궁색한 일조차 왜 그렇게 재미있었는지…….

모든 것이 신기하다

모든 것이 신기했습니다.

중국에서는 반점이 음식점이 아니라 호텔을 말한다는 것은 이미 알고 있었지만 막상 ○○반점, XX반점 등의 간판이 걸린 호텔을 보니 웃음이 나오더군요.

거리를 꽉 메운 스쿠터와 오토바이 행렬도 신기했고, 그 사이에 미니스커트를 입은 여인들이 있다는 것도 신기했어요.

24시간 편의점이 있던 것도 그렇고(우리나라에 그런 편의점이 들어오기 시작한 것이 아마 4, 5년 후부터였을 겁니다), 그 편의점에서 '환타'를 보고 놀랐어요. 저는 그때까지 무식하게도 환타가 한국 것인 줄 알았거든요.

에어컨이 빵빵하게 나오는 비디오방들도 신기했습니다. 이것도 4, 5년 지나니까 한국에 나타나더군요.

대만은 그만큼 우리보다 몇 년 빨랐던 거지요.

그리고 한국노래들을 들을 수 있다는 것이 신기했습니다. 촌의 어떤 미용실에서 들은 노래가 글쎄, '백마강 달밤에, 물새가 운다'는 노래였습니다. 가사는 중국어지만 분명히 곡은 그 노래였습니다.

타이베이에 있는 동안 고궁박물관, 시립미술관, 공자묘, 중정기념관, 식물원 등등 부지런히 돌아다녔습니다. 특히 고궁박물관은 저의 상상을 초월한 박물관이었어요. 대만은 조그만 나라였지만 역시 대륙적인 기질을 엿볼 수 있었습니다.

시먼딩이란 곳에 있는 화시지에 야시장은 그냥 돌아보는 것만으로도 재미있었습니다. 뱀껍질을 그 자리에서 벗겨, 배를 따고, 그 쓸개를 술잔에 넣은 후, 사람들은 그 자리에서 마시고 있었지요.

바로 옆에는 공창이 있어서 창녀들이 지나가는 사람들을 손을 까딱거리며 불렀습니다.

"라이, 라이, 라이(와라, 와라, 와라)."

여자들은 그렇게 부르기만 했지, 사람을 잡지는 않더군요.

난생 처음 바다 건너 그런 것을 보는 순간이었어요.

아무것도 모른 채 이곳저곳을 기웃거리는 그 자체가 너무도 재미있었는데, 어떤 아저씨는 한국에서 왔다는 저를 환영하며 술을 사주었고, 길을 묻다가 만난 할머니는 제가 어떤 일본영화배우를 닮았다며 좋은 음식점으로 데려가서 밥을 사주기도 했습니다.

하루하루 조그만 사건이 터졌고 새로운 사람을 만났으며 새로운 것들을 보았습니다.

일상에 찌들어 모든 것이 시들했던 저에게, 여행을 시작하는 순간부터 세상은 너무나 신기하고 재미있게 다가왔어요.

하루하루가 저를 미치게 했습니다.

첫 히치하이킹

대만을 반만 일주하기로 했습니다.

북쪽 해안을 돌아보고 동쪽 해안을 탈 때 히치하이킹을 시도했습니다.
돈을 아끼기 위해서가 아니라 그냥 경험을 해보고 싶었던 거지요.

북쪽의 항구도시 지룽(基隆)이란 곳에서 시내를 벗어나 한적한 길로 갔
습니다. 그리고 매직펜으로 미리 준비했던 도화지에 수아오(蘇澳)라 크게
쓴 다음 그것을 들고 거리에 섰습니다.

그러나 차량은 모두 썰렁한 바람만 일으키며 그냥 지나쳤어요. 그렇게
한 시간이 지나도 서는 차가 없었어요. 할 수 없이 저는 영어로 SUAO라
썼습니다.

나 외국인이니까 좀 알아달라는 얘기였지요.

그래도 차는 잘 서지 않았습니다.

그때부터 저는 운전사들과 눈싸움을 하듯이 운전자를 향해 노려보았습
니다.

서라, 서라, 서라.

최면술을 걸듯이, 염력을 발휘하듯이 속으로 외쳤지요. 사실, 운전하는 사람이 브레이크를 밟는 것은 순간입니다. 설까 말까 하는 망설임 속에서 이루어지는 순간의 행위이기에 저는 그 순간을 낚아채기 위해 온힘을 기울였습니다.

과연 효과가 있었어요. 얼마 되지 않아 차가 제 앞에 끼익 섰습니다.

"워 취 수아오(나는 수아오에 갑니다)."

"하오, 하오(좋아, 좋아)."

50대 후반의 사내가 활짝 웃으며 저를 태웠어요.

"니혼진데스까(일본인입니까)?"

"이이에(아니오), 워 스 한궈런(한국사람입니다)."

중년 사내는 약간 실망하는 기색을 내비쳤습니다. 그는 일본말을 잘했고, 일본인을 좋아하는 것 같았어요. 어린 시절을 일본의 치하에서 보낸 사람 같았습니다. 그는 계속 일본말을 하며 자신의 일본어 실력을 과시하고 싶어했으나, 대학 때 조금 배운 저의 일본어 실력은 그의 기대에 부응하지 못했습니다.

결국 저는 그를 실망시킨 죄로 중간에 내릴 수밖에 없었어요. 어떤 버스 정류장 앞에서 차를 세운 그 아저씨는 매표소까지 저를 안내한 후 횡하니 떠나고 말더군요.

황당했습니다. 할 수 없이 버스를 타고 동쪽 해안을 달려와 수아오에 도착하니 밤이었습니다.

한밤의 가스소동

배가 고파 밥을 해먹어야 하겠는데 가스가 없었어요.

저는 대만에 오며 예전에 등산할 때처럼 쌀, 감자, 양파, 된장, 가스버너, 코펠 등등을 싸왔었습니다. 가스는 안전문제 때문에 비행기에서 안 실어주기에 대만에 와서 사려고 했는데, 타이베이 그 낯선 곳에서 가스를 산다는 것은 너무도 힘든 일이었습니다. 결국 포기하고 조그만 도시에서 살 생각으로 뒤로 미루었던 거지요.

수아오는 읍 같은 곳이어서 숙소 찾는 것은 어렵지 않았는데 가스 파는 곳은 도무지 보이질 않았습니다.

할 수 없이 사람들에게 물었지요. 하지만 저는 '가스버너에 쓰는 가스 파는 곳이 어디 있냐'는 중국말을 할 수가 없었습니다.

결국 어느 가겟집 주인에게 수첩에다 가스버너에서 불 솟는 그림을 그리며 묻는 수밖에 없었는데, 그가 고개를 갸웃거리며 한참 동안 궁리하다 데리고 간 곳은 라이터 파는 곳이었습니다.

어이구.

제가 어이가 없어 웃자 주변사람들도 따라 웃기 시작했습니다. 돌아보니 열 명도 더 넘게 저를 따라 온 것입니다. 이런 조그만 마을에 말 안 통하는 외국인이 나타난 것이 신기했나 봅니다.

제가 다시 수첩에 가스버너에서 불꽃이 일고 그 위에 얹어놓은 코펠에서 김이 모락모락 나는 모습을 그리자, 주변사람들이 모두 고개를 빼고 보기 시작했고 그 모습을 보고 또 사람들이 꾸역꾸역 몰려들기 시작했습니다. 졸지에 제가 큰 구경거리가 되고 말았지요.

그때 누군가가 알았다는 듯 크게 소리쳤습니다. 그는 자신 있게 앞장섰고, 저와 사람들은 그를 따라 우 몰려가기 시작했습니다.

아, 그런데 그가 저를 데리고 간 곳은 제 몸집만한 프로판가스를 파는 곳이었던 겁니다.

땀을 뻘뻘 흘리며 일하던 가겟집 청년은 갑자기 나타난 한 무리의 사람들을 보며 놀라고 말았습니다.

다시 쌸라쌸라 토론을 하는 군중들을 뒤로 한 채 저는 자리를 피했습니다.

결국 저는 대만여행이 끝날 때까지 가스를 사지 못했고, 또 그 이후로는 해외여행할 때 버너를 가져가지 않았습니다.

그후부터 입에 맞든 안 맞든 일단 현지에 도착하면 어떤 음식이든 적응하려 노력했고, 배낭여행은 등산하는 게 아니며, 짐은 최소한으로 줄여야 한다는 사실을 그렇게 터득했습니다.

오토바이를 타고 협곡을 달리다

수아오꽁루(蘇花公路).

길이 118.5킬로미터로 수아오(蘇澳)에서 후알리엔(花蓮)까지 이어진 이 도로는 태평양을 바라보는 절벽을 깎아 만든 길입니다.

저는 이곳에서 또 히치하이킹을 했습니다.

운 좋게 무역회사에 다니는 젊은 사내의 차를 탈 수 있었습니다. 한국에도 한 번 와본 사내였어요.

수아오에서 조금 벗어나자 태평양이 보이고 있었습니다. 망망대해. 밑은 수백 미터 낭떠러지. 그 길을 차는 조심스레 가고 있었는데, 창 밖을 바라보니 그저 바다만 보여서 바다 위를 둥둥 떠가는 것 같았습니다.

꿈을 꾸는 것만 같았어요. 이렇게 낯모르는 사람을 만나 도움을 받아가며 가고 있다는 사실이 너무도 행복했습니다.

그렇게 감격에 젖어 있던 저에게 사내는 밥도 사주고 차도 사주었습니다. 대만사람들 인심, 괜찮은 편이었어요.

후알리엔에 도착한 후 타이루꺼(太魯閣)로 향했습니다. 이 구간에 있는 타이루꺼 협곡은 대만의 가장 유명한 관광지 중의 하나입니다.

제가 그곳을 오르기 시작했을 때는 늦은 오후였어요.

후알리엔에서 타이루꺼 협곡의 끝에 위치한 텐샹(天祥)까지 가는 버스가 있었지만 저는 중간에 내렸어요. 걷고 싶었습니다.

19킬로미터에 이르는 대리석 협곡.

그 정도라면 자신 있었습니다. 국내에서 도보여행했던 경험은 두었다 무엇에 쓰겠습니까?

한 시간에 6킬로미터 걷는다면 세 시간 정도면 되는 거니까요.

배낭을 메고 협곡을 따라 걷기 시작했습니다.

장관이었습니다. 수십길 낭떠러지 밑으로 콸콸 계곡물이 흐르고, 바위산을 뚫어 만든 그리 넓지 않은 길은 구불구불 하늘을 향해 솟아오르고 있었지요.

저는 그 웅장한 대자연을 기어오르는 한 마리 개미였습니다. 힘은 들었지만 걸음을 옮길 때마다 몸 속에서 기쁨이 솟구쳤지요. 청량한 공기와 계곡의 물소리, 그리고 산의 맑은 정기가 제 몸을 가볍게 만들었습니다.

그러나 제대로 먹지 못한 탓에 차차 힘이 빠져왔어요. 마침 길 옆에 닭다리를 불에 구워 파는 리어카가 있었어요. 그걸 사먹는데, 근처에 오토바이를 세워놓고 닭다리를 뜯던 젊은이들이 저를 이상한 듯 쳐다보았습니다. 닭장수와 이야기를 나누는 저의 중국어 발음이 서툴었기에 그랬을 겁니다.

다시 배낭을 메고 걷기 시작하는데, 오토바이를 탄 그 친구들이 제 곁에 와서 영어로 물었습니다.

"당신, 텐샹까지 걸어가요?"

"예."

"와, 멀어요. 조금 있으면 해가 질 텐데…… 우리 오토바이를 타세요. 우리도 그곳까지 가니까."

마다할 이유가 없었지요. 걷는 것도 좋지만 이렇게 오토바이를 타고 바람을 가르며 달리는 것 또한 얼마나 신나는 일입니까?

그렇게 해서 저는 배낭을 멘 채 오토바이 꽁무니에 매달렸습니다. 그런데 이 친구들 오토바이에 자신 있었는지 묘기를 부리며 요리조리 그 협곡 길을 달리기 시작하는 거 아닙니까?

정말 아찔했어요. 아차 하면 저 협곡 밑으로 날아갈 텐데.

다리를 건너고, 협곡절벽에 만들어진 제비집도 보면서, 또한 구불구불 이어진 동굴을 통과하는 동안 대만친구들은 노래를 불렀습니다.

그들의 노랫소리를 들으며 저는 3등 열차를 타고 경포대에 가며 노래를 불렀던 저의 고등학교 시절, 지리산의 구름 속을 걸었던 대학시절을 생각 했습니다.

저도 저 나이 때, 저렇게 노래를 부르며 한국의 산하를 다녔었지요. 그 시절, 저는 얼마나 미지의 세계를 향해 가고자 했습니까?

그런데 지금 그 꿈을 이루고 있는 겁니다. 이 웅장한 협곡을 낯선 친구들의 오토바이를 타고 신나게 달리고 있는 겁니다.

감격의 연속이었어요.

드디어 톈샹.

우리는 협곡의 종착점에 도착했고 톈샹청년활동중심이란 곳, 즉 톈샹 유스호스텔에 함께 투숙했습니다. 2층침대 두 개 있는 방을 배정받았는데 자기 소개를 하고 보니 그들은 대만경찰학교 학생들이었습니다. 나이는 저보다 여덟 살 정도나 어렸지만, 저도 워낙 동안이라 금방 친구처럼 되었습니다.

우리는 술을 마시고 개다리춤을 추며 광란의 밤을 보냈습니다. 주체할 수 없는 젊음의 열정을 원없이 발산했습니다.

다음날 아침 그들은 다시 타이루꺼 협곡을 내려가 후알리엔으로 갔고, 저는 버스로 동서횡단공로를 타고 타이쭝(台中)으로 향했습니다.

헤어지기 전, 그들은 저에게 두유와 찐빵을 사서 건네주더군요.

"리, 이것 갖고 가다 먹어."

그리고 쏜살같이 오토바이를 타고 그들은 협곡을 달려가기 시작했습니다. 그들이 멀리 사라졌을 때, 저는 비닐봉지 안의 찐빵을 한입 베어물었는데, 알고 보니 찐빵이 아닌 만두였어요.

짜이 지엔(再見).

그들은 다시 보자고 인사를 했지만, 주소도 남겨주지 않고 그렇게 사라지고 말았습니다. 가슴속에 찡한 감동의 여운만 남겨놓고 말이지요.

몇 개월 후 저는 다시 그곳을 찾았습니다.

어디선가 그들이 오토바이를 타고 나타날 것만 같아 은근히 기다렸지만 볼 수 없었습니다.

지금쯤, 그들은 30대 중반의 경찰이 되어 어디선가 근무를 서고 있겠지요. 참 그리운 친구들입니다. 다시는 만날 수 없는…….

밀려오는 예감

타이쭝에 와서 저는 지아의(嘉義)란 도시로 향했습니다. 아리산(阿里山)을 오르기 위해서였지요.

아리산은 꼭 와보고 싶던 곳이었습니다. 가장 높은 옥산(玉山, 해발 3,952미터)을 비롯한 모두 18개의 봉우리를 일컬어 아리산이라 부르는데, 그곳으로 오르는 관광열차를 꼭 타보고 싶었습니다.

장난감 같은 기차는 해발 3천 미터 가까운 봉우리들이 있는 산맥을 향해 숲을 뚫고 돌고 돌며 올라갔습니다. 77개의 다리, 50개의 터널이 있는 이 철도는 일제시대에 놓아진 것으로, 원래 삼림채취를 위해 1912년에 완성된 것인데, 지금은 관광열차가 달리고 있는 것이지요.

처음에는 차창 밖으로 빽빽한 열대우림이 보이다가 한참 올라가니 골짜기에서 피어오르는 산 안개 사이사이로 종종 폭포들이 흘러내리는 모습도 보였고, 점점 올라갈수록 침엽수림이 보이기 시작했습니다. 그렇게 아리산을 올라가는 동안 숲은 열대림, 아열대림, 온대림으로 변하고 있었습니다.

산 정상에 있던 아리산 산장에서 우연히 여자들을 알게 되었습니다. 그들은 타이베이의 병원에서 근무하는 간호사들이었는데, 이미 아리산 관광을 마치고 다음날 아침 타이베이로 올라간다며 저에게 한번 들르라고 주소를 적어주었습니다.

다음날 새벽, 정상에 올라가 멋진 일출을 보았습니다. 그러나 그 일출보다 하산하던 길 기차 안에서 바라본 일몰이 저는 더 좋았습니다. 붉은 노을을 하늘에 물들이며 야자수나무 숲 너머로 해가 넘어가고 있었습니다.

아, 그렇게 기차를 타고 세상 끝까지 달리고 싶었습니다. 그러면 꿈 같은 세상이 나올 것만 같았습니다.

그때, 저는 저의 운명을 예감했습니다. 그렇게 끝없는 세상을 영원히 방랑할 것이라는 운명을…… 비록 궤도를 이탈해, 다시 그 궤도로 돌아가지 못한다 할지라도 저는 그 삶을 살아야만 한다는 것을.

어려운 귀국

타이베이로 돌아온 후, 저는 아리산에서 만났던 그 간호사들을 찾아갔습니다. 반가워하더군요. 그런데 가는 날이 장날이라고 마침 그날 저녁 의사들과 미팅이 있다며 저를 디스코장으로 데리고 갔습니다.

그렇게 해서 염치불구하고 따라간 곳이 키스 디스코장이었어요. 웅장하더군요. 저쪽 편에서는 남자 의사들이 우글거리고 있었는데, 잠시 후 요란한 팡파레 음악이 울리자 수십 명의 선남선녀가 플로어에서 춤을 추기 시작했습니다. 미팅이라기보다는 함께 어울려 놀기로 한 것 같았어요.

이게 무슨 복입니까? 실컷 춤추고, 낯익은 키 큰 간호사는 저에게 블루스를 가르쳐주고…… 그렇게 황홀한 저녁이 갔습니다.

다음날 우울했습니다. 이제 여행을 끝내야만 했으니까요.

그런데 출국이 어렵더니 귀국도 어려웠습니다.

공항에 나가 체크인을 하는데, 직원이 말하기를 저의 비행기 예약이 날아가버렸다는 겁니다.

아차! 저는 비행기 예약 재확인을 깜빡 잊었던 것입니다. 항공사에 다니는 제가 그것을 모를 리 없었건만, 첫 여행이었고 흥분한 나머지 까맣게 잊고 있던 것이지요.

다행히 공항에서 근무하던 친절한 여직원은 제가 자기가 근무하는 K항공의 직원이라는 사실을 알고 애를 써주었습니다. 그녀는 화교로서 한국말을 잘했습니다. 그녀의 친절함이 고마워서 그녀 모르게 멀리서 사진을 찍어 돌아오자마자 보내주었습니다.

그게 그녀를 감동시켰나 봐요. 후에 다시 대만에 들렀을 때 공항에서 그녀를 만났습니다.

몹시 반가워한 그녀는 그날 저녁 다른 남자 직원과 함께 저를 샤부샤부 집으로 데리고 갔어요.

"아, 한국, 그리워요. 순대, 떡볶이…… 이 녀석하고 나는 학교 동창이에요. 연희동에 있는 화교학교요."

참, 친절하고 의리 있는 사람들이었어요.

그후 저는 세계각지를 돌아다녔지만, 누구나 첫사랑, 첫키스를 잊지 못하듯이 저도 첫여행지였던 대만과 그곳에서 만났던 대만사람들을 잊을 수가 없습니다.

다른 나라와 비교할 때 우리와 비슷해 별로 매력적이지 않을 나라처럼 보이지만, 적어도 저에게 대만은 여전히 특별한 나라입니다. 평생 그럴 것입니다. 첫 여행이었으니까요.

방황

불면의 나날들

첫사랑이 달콤하지만 헤어졌을 때 깊은 상처를 남기듯이, 8박9일의 그 짧은 첫여행은 저에게 깊은 상처를 남겼습니다.

일도 손에 잡히지 않고, 가슴은 뻥 뚫린 것만 같았어요. 아니, 처음 1, 2주일은 재미있었던 것 같아요.

"내가, 이번에 대만에 갔다왔는데 말이야……."

이 말을 입에 달고 다니며 저는 만나는 직장동료들에게 떠들었지요. 우리 직장 안에 그런 여행을 해본 사람이 없는지라 신났습니다. 100여 명이 넘게 일하는 전 부서에 저의 소문이 퍼졌습니다.

저는 마치 무슨 스타라도 된 듯이 흥분해서 나중에는 듣기 싫다는 직장동료를 '네 인생을 위해 꼭 들어야 한다'며 쫓아다닐 정도였어요. 그런데, 한 2주일이 지나면서 속이 공허해지기 시작한 겁니다.

매일매일 다시 이어지는 똑같은 삶.

나, 정말 이렇게 살아야 하는가.

잠을 이룰 수가 없었어요.

타이베이 시내, 태평양을 바라보며 절벽을 달리던 길, 가스 사건, 타이루꺼 협곡, 아리산, 그리고 저에게 친절을 베풀어주었던 수많은 사람들…….

이리 뒤척 저리 뒤척 하다보면 날이 밝아왔고 저는 힘없이 회사로 향했습니다. 넥타이를 매고 회사 건물로 들어가는 게 도살장 들어가는 기분이었습니다.

그래, 사표를 내는 거다. 그리고 배낭을 메자.

그렇게 마음먹기를 수십 번.

하지만 서른을 넘은 나이에 사표를 내기란 쉽지 않았어요. 번민의 나날이 이어지고 있었습니다.

녹천역에서 내려 상계동 아파트를 걸어오다 보면 밝은 불빛으로 둘러싸인 아파트촌이 보입니다.

쓸쓸한 바람을 맞으며 집까지 오는 길, 불 밝힌 그 아파트들을 보며 많은 생각을 했습니다.

직장을, 제가 익숙했던 세상을 떠나는 순간, 저는 저 따뜻한 불빛 어린 세상으로부터 영원히 추방당할 것만 같았습니다. 춥고, 외롭고, 배고픈 세계를 평생 유랑하다 길에서 쓸쓸히 눈을 감을 것만 같았습니다. 무서웠습니다. 세상이 한없이 무서웠습니다.

직장이 뭐 그렇게 대단한가라는 생각도 들었지만, 그러나 그 직장을 얻기까지 얼마나 많은 방황과 실패와 우여곡절을 겪었던가를 생각하면……그 고통을 알기에 무서웠던 것입니다.

제 여행은 이런 불안 속에서 시작되었습니다.

제가 조금 늦게 태어나서 그 시절 학생이었다면 별 고민 없이, 휴학계를 내고 세상을 1, 2년 정도 힘차게 떠돌았을 겁니다. 그 전에 휴학계 내고 국내 산하를 떠돌았듯이.

그러나 그 나이에 제가 여행을 떠난다는 것은 궤도를 이탈하는 일이었습니다. 다시는 세상으로 복귀하기 힘든 길이었기에 그만큼 힘들었습니다.

학생이라면 돌아올 학교가 있었고, 집에 돈이나 쌓아두고 있다면 그토록 고민하지 않았을 겁니다.

그러나 제 나이 만 서른, 이탈하고 나면 살아갈 길이 막막했습니다. 지금이야 해외여행 관련해서 여행사, 글, 사진 등 나름대로 시장이 형성되어 있었지만 그 시절에는 아무것도 없는 불투명한 상태였습니다.

무엇을 해야 할지도 모르는 채 그저 나가고만 싶었을 따름이지요.

참 한심한 일이었어요. 제가 어릴 때부터 그토록 원했던 순간이 막상 오자 망설인 겁니다.

사람 마음이란 게 간사해서 제가 만약 그때 실업자거나 직장이 시원찮았더라면 그리 고민하지 않았을 겁니다.

그런데 그런대로 괜찮았던 직장이었지요. 공짜 항공권으로 그 시절 제주도로 비행기 타고 놀러 가던 직원들이 종종 있었고, 앞으로 해외여행할 때 엄청나게 할인된 비행기표를 얻을 수 있는 직장이었습니다. 그 무렵 직원들의 사기를 높이는 회사의 시책들이 속속 발표되고 있었구요. 사람들은 부푼 꿈에 가슴이 두근거렸지요. 다른 것은 몰라도 여행하기에 좋은 직장이었기에, 그걸 버리고 저 험한 세상으로 홀로 떠난다는 게 영 내키지 않았어요.

그래서 원래 가진 게 많을수록 사람은 모험심이 없어지나 봅니다.

그리고 저를 길러주신 부모님들에게 조금이나마 보답해야 할 나이에, 배낭을 메고 대책 없이 길을 떠나는 자식을 보는 그분들의 마음을 생각하니 막막했습니다.

게다가 저는 장남이었습니다. 한국사회에서, 적어도 제 세대에게 장남이란 특별한 거였지요.

밤잠을 이룰 수 없었습니다. 죽을 죄를 짓는 것만 같았고…… 자라면서 그만큼 속썩였으면 됐지.

그렇게 불면의 나날들이 지나가고 있었습니다.

결단

불면의 밤을 보내던 어느 날, 이런 질문을 해보았습니다.

만약 이 직장생활을 계속해서 안정되게 살고, 외국에도 근무하고, 승진도 잘 해 이사가 되고…… 그렇게 잘 나가다 퇴직한 후, 나이 먹어 여행을 한다고 했을 때 과연 나는 행복할까?

아무리 백번 고쳐 생각해도 저는 행복하지 않을 것 같았습니다. 만약 그렇게 살다가 죽는다면 저는 죽어도 눈을 못 감을 것 같았습니다. 저마다 인생관, 가치관이 다르니까 이런 말을 들으면 이해가 잘 안 되는 분들도 있겠지만 저는 정말 절실했습니다.

열정을 가슴 한가득 안고 저 미지의 세계를 방랑하고 싶었습니다. 그렇습니다. 저는 해외풍물을 보고 돌아오는 가벼운 여행을 원한 게 아니라, 세상 끝까지 떠돌며 사람을 만나고 모험을 즐기는 방랑을 원했던 것이지요.

그렇다면, 안정되게 살다가 자리에 누워 회한에 싸인 채 죽는 것보다 길을 가다 쓰러져 죽는 것이 차라리 행복하다는 생각이 들었지요.

어차피 직장생활을 계속해도 언젠가는 나올 데였습니다. 어차피 죽을 때는 우리 모두 종착점에서 만날 텐데, 어느 길을 가든 자기가 가고 싶은 길을 가는 게 중요하다고 생각했습니다.

대학 때 읽었던 니체의 『차라투스트라는 이렇게 말했다』를 다시 읽었어요. 그의 철학을 이해해서가 아니라 말 몇 마디에서 힘을 얻기 위해서였지요.

인간은 동물과 초인 사이에 놓인 밧줄이며 심연 위에 놓인 밧줄이다.

건너가는 것도 위태롭고, 지나가는 도중도 위태롭고, 뒤돌아보는 것도 위태롭고, 그 위에 떨며 머물러 있는 것도 위태로운 일이다.

인간의 위대한 점은, 인간은 하나의 다리이지 목적이 아니라는 것이다. 인간이 사랑받을 수 있는 점은, 인간이 과도(過渡)이며 몰락이라는 것이다.

저는 예전에 줄 쳐놓았던 이 구절을 다시 읽으며 각오를 다졌습니다.

그래, 몰락하자. 이탈하자.

어차피 스러지는 몸. 백년 후, 내 어디 가서 나의 몸을 찾을 텐가. 살아 있을 때 몰락하자. 나는 과정일 뿐이다.

그렇게 마음먹으며 10월 중순 어느 일요일날 도봉산에 올랐습니다.

이름은 잘 모르겠는데 도봉산 포대능선을 타다보면 왼쪽에 높은 봉우리가 있습니다. 선인봉이던가요?

예전에 기어오르려다 무서워서 못 오른 바위였습니다. 꽤 높아서 맨손으로 오르기에 겁이 나는 곳이었어요.

벌벌 떠는 모습을 남에게 보이고 싶지 않아 그날 아침 일찍 그곳에 갔습니다. 이른 아침이라 아무도 없는 그 암벽을 홀로 오르기로 했지요.

그 암벽을 오르기 위해서는 먼저 바로 밑까지 가야 하는데, 그곳까지 가는 길도 험했지만 그리 겁나지는 않았어요. 겁난 것은 제가 오르려는 그 커다란 바위 봉우리 밑에 조그만 공간이 있었는데, 그 밑으로는 까마득한 절벽이었다는 겁니다.

먼저, 바위 가운데 벌어진 틈을 이용해 몸을 비비대며 올랐지요. 찬 바람이 코끝을 스치고 밑으로 보이는 절벽 밑이 아찔했습니다만, 바위 틈에 제 몸이 끼어 있었기에 그때까지는 겁이 나진 않았어요.

그런데 발과 몸을 이용해 그 틈을 오르다 보니 중간에 툭 튀어나온 바위가 있었어요. 그게 고비였습니다. 여길 통과하기 위해서는 바위를 붙잡고 그것을 넘어야 했어요.

정말 겁나더군요.

올라갈 것인가, 말 것인가.

처음부터 올라가겠다고 마음먹고 왔었지만, 막상 매달리고 보니 두려움이 가슴속에서 일고 있었어요.

마치 허공에 매달려 있는 듯한 기분 속에서 저는 이렇게 결심했지요.

여기서 끝장 내자. 오른다면 사표를 내고 여행하는 것이고, 오르지 못하고 두려움에 굴복한다면 평범하게 살아가기로.

물론, 바위를 전문적으로 타는 사람이라면 아무 일도 아니련만, 그냥 혼자서 자그마한 바위를 타본 경험밖에 없는 저로서는 큰 일이었습니다.

자, 한 손을 뻗어 바위를 잡고 타고 넘을 것인가, 다시 내려갈 것인가.

주변에는 아무도 없었습니다. 못 올라간다고 누구에게 부끄러울 일도 없었습니다. 결국 제 의지의 시험이었어요.

한참을 망설이다 마침내 결심했지요.

그래 차라리 여기서 죽어버리자. 추락하는 거야. 인간은 다리라는데…….

저는 그때 진짜 죽음을 결심했습니다. 관념이 아니라, 눈앞에 보이는 절벽 밑으로 떨어질지도 모른다는 공포감 속에서 말이지요.

손을 뻗어 먼저 위의 바위 한군데를 잡았어요. 그리고 발을 오므려 다른 곳을 짚었습니다. 거기서 다시 한 손을 뻗어 새로운 홈을 잡아내야 합니다. 바로 그 때가 가장 무서웠어요.

새로운 곳, 새로운 장소, 새로운 일…… 그 미지의 세계에 '대책 없이' 팔을 뻗을 때 극심한 공포감을 느끼는 것이지요.

숨이 턱턱 막혀왔고 손이 부들부들 떨렸습니다. 힘이 들어서라기보다는 추락에 대한 공포감 때문이었지요. 거기서 팔에 힘이 빠져 놓쳐버려

추락한다면 그냥 죽음이라 생각하며, 죽기살기로 악을 쓰며 한쪽 팔로 새로운 곳을 잡고 다리를 바위에 걸치며 몸을 주욱 밀어올렸는데, 아, 이런! 생각보다 쉽게 올라간 겁니다.

그 바위를 넘고 나니 정상에 오르기는 싱거울 정도로 쉬웠습니다. 너무 쉬워서 그때까지 심각했던 제 자신이 우스꽝스럽게 느껴질 정도였어요.

정상에 오르니 세상이 발 아래 보이고 있었습니다.

순간, 긴장이 풀어지며 한없는 만족감이 몰려오고 있었어요. 이른 아침 아무도 없는 그 널찍한 바위에 누워 하늘을 바라보았습니다. 감미로운 희열이 가슴을 적셔오고 있었습니다. 저의 몸뿐만 아니라, 의식이 어떤 단계를 뛰어넘은 기분이 들더군요.

아마 원시부족들의 성인식 같은 것도 이런 것 때문에 하는 것 아닐까라는 생각이 듭니다. 어른들이 보기에는 아무것도 아닌 것이, 어른이 되려고 하는 소년들이 보기에는 뛰어넘을 수 없는 장벽처럼 보이는 것이지요. 그 불안과 공포감을 뛰어넘을 때, 비로소 어른이 되는 것이겠지요.

저는 그때 비로소 성숙한 어른이 되는 걸 느꼈어요.

그래, 잡고 있던 바위를 놓아야만, 손을 뻗어 새로운 바위를 잡을 수 있는 것이다. 그래야만 오르는 것이다. 눈 딱 감고 떠나는 것이다.

무얼 먹고 사는가?

밥 먹고 살지.

어떻게?

이렇게.

이렇게 안간힘을 쓰면서 사는 것이다. 무얼 할지 모르겠지만, 언제, 어디서라도 죽기살기로 산다면 못살게 뭐가 있단 말인가.

그렇다.

삶이란 순간순간이 위험. 그 위험을 직시하며 몸을 던질 때, 한 걸음씩 나아가는 법. 몸과 영혼을 불사르자. 찌꺼기 하나 남지 않을 때까지 훨훨…… 그러다 저 세상으로 휘익, 가는 것이지. 바람처럼…….

부모님?

용서하세요. 당신 자식의 욕망이 이리도 강합니다.

그렇게 정리하며 바위에 누워 있을 때 불어오던 도봉산 가을 바람이 참으로 자유롭게 느껴지더군요.

다음날, 사표를 품에 간직한 채 직장에 갔습니다.

사표를 내기 전 잠시 직장을 둘러보았지요.

앞의 자리는 대리 자리, 조금 떨어진 곳에 과장 자리, 더 멀리 떨어진 곳에 부장 자리.

저의 몇 년 후, 혹은 10여 년 후의 미래였습니다.

자신의 미래를 훤히 안다는 것은 고통입니다.

저는 다시 한번 마음속으로 각오를 다졌습니다.

불안한 미래야말로 사람을 싱싱하게 하는 법. 불확실성 속에서, 불안정성 속에서 사람은 늘 새롭게 태어난다. 안정은 사람을 부패시키는 법, 1년 전, 놓아준 거북이 호프만을 생각해보라. 갈매기에 당장 쪼여 먹힐지도 모르는 새끼 거북이였지만, 얼마나 싱싱하게 살아났던가? 한순간을 살아도 살아 있음의 환희를 느끼며 살아야 하는 법…….

그런 상념이 머릿속을 빠르게 스쳐 지나가고 있었습니다. 저는 다시 한 번 숨을 가다듬고 과장에게 사표를 냈습니다.

그리고 2주일 후, 마지막 인사를 하고 직장을 나왔습니다. 나오자마자 덕수궁으로 갔지요. 한적한 벤치에 누워 하늘을 보니 시리도록 맑았습니다. 그리고 천천히 머릿속에서 저의 여행코스를 생각하기 시작했습니다.

홍콩, 태국, 말레이시아, 대만, 일본…… 우선 그곳을 몇개월 간 돌고, 그 다음은 중국, 실크로드, 인도, 유럽, 아프리카, 중남미…….

아, 가슴이 터질 것 같았습니다. 제 나이 만 서른하고도 반 년이 지나가는 순간이었습니다. 그리고 제 생애에 가장 축복받은 순간이기도 했습니다.

자유

자유 속으로

드디어 1988년 10월 중순 어느 날, 비행기가 동남아를 향해 하늘로 솟구칠 때 저는 1년 전 강화도 앞바다에서 놓아준 '호프만'을 생각했습니다. 죽어가던 그 거북이는 짠 바닷물 속에 들어가자마자 네 다리로 활개를 쳤었지요.

저 또한 좁은 세상을 탈출하는 순간, '호프만'처럼 다시 살아나고 있었습니다.

안녕, 나의 과거여, 나의 조국이여. 이제, 나는 저 미지의 대양을 향해 헤엄쳐 간다.

저는 다시는 이 세상으로 돌아오지 않을 것처럼 속으로 그런 인사를 했습니다.

그렇게 시작된 동남아와 일본 여행은 약 4개월 동안 지속되었지요. 홍콩과 마카오까지는 예전에 여행했던 대만과 비슷해서 크게 흥분되지는 않더군요. 그러나 방콕에 가면서부터 흥분하기 시작했습니다. 금빛 찬란한 사원, 작열하는 태양, 야자나무…… 그 낯선 풍경을 보면서 정말 외국에 왔다는 실감을 했습니다.

아, 그때를 생각하면 지금도 가슴이 두근거립니다. 방콕의 돈 무앙공항에 도착하자마자 반바지로 갈아입고 미리 준비해온 슬리퍼를 신었어요. 그리고 밖으로 나가 시내로 들어가는 버스를 기다렸습니다.

하늘에서는 태양이 이글거리고 있었고 후덥지근한 공기가 몸에 휘감겨왔습니다. 한국에서 그런 날씨라면 불쾌하기 짝이 없었겠지만 제 몸속에서는 알 수 없는 열기가 솟구치고 있었습니다.

이야아아아. 드디어 내가 태국에 왔노라.

이렇게 고함이라도 지르고 싶은 심정이었어요.

이 심정을 이해하실까요?

지금 자유롭게 해외여행을 할 수 있는 분들은 상상하기 힘들 겁니다.

평생 여권 얻을 날을 그려오다가, 마침내 여행자유화가 된 지 몇 개월 만에 갑갑한 세상을 탈출해 미지의 세계에서 새로운 삶을 시작하는 이 기분. 그건, 거대한 담장에 둘러싸인 감옥을 탈출하는 탈옥수의 심정 바로 그것이었습니다.

남의 기행문을 읽으면서 그토록 상상하던 곳. 직장에 다니는 동안 갈 수 없다는 사실에 울분을 삼키다, 밤에 자다가도 벌떡 일어나 컴컴한 밤거리를 달렸는데, 이제 그 꿈이 현실로 이루어진 겁니다.

나중에 알고 보니 저만 이런 게 아니더군요. 대개 해외여행 초기에 여행한 분들이 그런 얘기를 많이 합니다. 후에 만난 어떤 중년사내는 이런 얘기를 했습니다.

"방콕에 처음 도착해서 한 일이 뭔지 아세요? 거리에 서서 툭툭이(삼륜차)와 버스행렬을 바라본 겁니다. 으아, 그 독한 매연냄새를 가슴 깊이 들이마시며 눈물이 날 뻔했어요. 왔구나, 정말, 내가 왔구나 하면서 말이지요……."

그후 그는 한국에 돌아가서 고민했답니다. 사람을 미치게 만드는 이 여행을 계속 하면서 살고 싶은데 직장이 그만한 휴가를 안 주니까요. 결국 여행하면서 살아갈 수는 없을까를 궁리하다가 그는 만화 스토리 작가가 되기로 결심했고 몇 년간 준비한 후, 마침내 직장을 그만두고 여행 중이라 했습니다. 그는 나이가 저보다 많이 먹었는지라 나름대로 신중한 준비를 했지요.

그러나, 저는 아무 대책 없이 그냥 뛰쳐나왔던 겁니다. 그때 제 나이 30대 초반, 아직 저에게는 무한한 가능성이 있다고 믿었기 때문에 아무것도 두렵지 않았습니다.

그 다음 저를 더욱 흥분 속으로 몰아넣은 곳은 카오산 로드란 곳이었어요. 세상의 모든 배낭여행자들이 모인다는 젊음의 해방구 카오산 로드.

물어물어 그 거리로 찾아간 순간 깜짝 놀라고 말았습니다.

세상에…… 이런 데가 있었다니.

제 상상을 초월하고 있었어요. 저는 이태원거리 정도로 생각했거든요.

CLASSIC PLACE
GUEST HOUSE
FIRST
KODAK
ส.333พ

그런데 달랐어요. 거리 양쪽에는 수많은 오픈 카페와 식당들이 죽 늘어서 있었고 흘러가는 세상을 느긋하게 구경하고 있던 사람들은 거의 전부 서양여행자들이었습니다.

흔히, 배낭여행자들이 주로 많이 모이는 3K가 있다고 합니다. 네팔의 카트만두, 인도네시아 발리 섬의 쿠타 비치, 그리고 방콕의 카오샨 로드. 그중에서 가장 흥청거리는 곳이 바로 방콕의 카오샨 로드였습니다.

그 거리에는 싼 숙소가 거짓말 조금 보태서 수백 개가 다닥다닥 붙어 있었는데, 그 당시 물가로 1박에 싱글룸이 1천5백원 정도였습니다. 얇은 벽이어서 옆방의 소리가 다 들리고 공동화장실, 욕실을 써야 했지만 여행자 숙소이다 보니 밝은 분위기였습니다. 한국의 음침한 싸구려 여인숙, 웬만한 여관보다 분위기가 훨씬 좋았어요.

게스트하우스에 들어가 짐을 푼 후, 그 거리를 천천히 걷다 길에 앉아서 거리구경을 했습니다.

배낭을 메고 오고가는 사람들, 레스토랑에서 주스나 커피를 마시며 한가롭게 떠드는 사람들, 비디오를 보는 사람들, 파인애플과 수박 조각을 파는 태국인, 가끔 들어오는 툭툭이…… 후덥지근한 공기 속에서 모든 사람과 사물은 느긋하게 풀어져 있었습니다. 그 풀어짐 속에서 자유스런 분위기가 충만해 있었어요.

그것을 바라보며 저는 왠지 모르게 속고 살았다는 느낌이 들었습니다.

이런 자유로운 세상이 있었는데 나는 왜 그토록 획일적인 세상에서 억눌리며 살아온 것일까?

사실, 자유와 개성이 넘쳐 흐르는 현재를 사는 젊은이들에게 이런 얘기는 실감이 나지 않겠지만, 획일적인 7, 80년대를 기억하는 사람들은 충분히 공감할 겁니다.

미니스커트 입는다고 경찰관이 드러난 무릎을 자로 재고, 장발이라고 파출소로 끌고가 머리 한가운데 고속도로를 내던 시절, 남자가 반바지 입거나 샌들 신는 것도 어색했고, 길거리 계단 같은 곳에 앉아 있는 사람을 보는 것도 드물었으며, 학원에서 재수할 때 교과서를 준다기에 작은 배낭을 메고 간 저를 이쪽저쪽에서 쳐다보며 킥킥대던 그런 시절을 살아온 저에게는 허술한 옷차림으로 그냥 거리에 주저앉아 느긋하게 무질서한 풍경을 바라보는 그 자체가 자유였습니다.

한번은 이런 일이 있었습니다. 대학 1학년 때, 광화문 세종문화회관 계단에서 밤에 친구와 얘기를 나누고 있었어요. 사람들이 옹기종기 모여 앉아 얘기를 나누는 낭만적인 분위기였는데, 갑자기 별이 보고 싶더라구요. 물론, 서울 시내에서 별이 보일 리 없건만, 그 답답하던 시절 그냥 그런 시늉이라도 하고 싶었습니다. 그래서 컴컴한 계단 구석에 누웠지요.

그런데, 조금 있다가 경비아저씨가 오더니 고압적인 목소리로 일어나라고 하더군요. 왜 그러는지 이유가 없었어요. 그냥 일어나라는 겁니다.

억울했습니다. 행인들에게 피해주지 않는 곳에 누운 게 그렇게 잘못입니까? 도둑질을 했습니까, 강도질을 했습니까, 남에게 피해를 주었습니까?

어린 나이였지만 항의했지요. 그러자 경찰이 왔어요. 계속 그러면 경범
죄로 처벌한다나요.

경범죄…… 밤에, 계단 구석에 드러누웠던 게 경범죄…… 내 몸, 내 마
음대로 하지도 못하는구나…… 지금도 그러나요? 모르겠습니다.

저는 울고 싶었어요. 정말 뭣 같은 사회…… 한대수의 노래 〈물 좀 주소〉
가 생각나더군요.

그 억눌렸던 기억을 반추하며 복수라도 하듯이 저는 하루 종일 카오샨
로드에 앉아 쿵쿵 울리는 음악을 들었습니다. 아, 정말 공기조차 자유롭
고 달콤했어요.

그리고 저를 계속 감격시킨 것은 싼 음식이었지요.

길거리 레스토랑에 앉아 볶음밥과 수박 주스를 한 잔 먹었지요. 600원
정도가 나오더군요. 600원…… 허허 웃음이 나왔습니다.

물론 십사 년 전의 얘기니 현재는 모든 물가가 조금 올랐지만 그만큼 태
국물가는 쌌어요. 그러니 그 당시 3, 4천원 정도면 하루 숙식비가 해결되
었지요. 거기다 간식으로 가끔 150원 정도하는 꼬치구이나 파인애플 몇 조
각을 사서, 길거리에 쭈그리고 앉아 먹는 맛은 기가 막혔습니다. 맛도 맛
이지만, 아무데고 퍼질러앉을 수 있다는 그 자유의 맛 때문에 그랬습니다.

누가 뭐랄 사람도 없었고, 쳐다보는 사람도 없었습니다. 자유……. 그
때, 저는 살아오면서 한 번도 맛보지 못한 자유를 느꼈습니다.

어떤 게 '진정한' 자유냐고 묻는다면, 여전히 대답이 궁합니다. 그러나

그 거리에서는 이렇게 말하고 싶었습니다.

묻지 말고 그냥 좀 쉽시다.

여태까지 바삐 살아온 저의 삶을 그 무질서한 거리에 턱 내려놓고 싶은 심정이 들었어요.

그리고 또 저를 흥분시켰던 것은 게스트하우스에 드나들다 마주친 서양친구들의 눈웃음 섞인 인사였어요. 한국에서 서로 무뚝뚝하게 골난 것처럼 하고 다니다 그런 미소를 보니 처음에는 어색했지만, 익숙해지자 그곳에 모인 세계의 배낭여행자들이 다 친구처럼 느껴졌습니다.

방콕에서 유명 관광지를 구경하는 것도 흥겨웠지만, 저는 이 거리에서 자유에 흠뻑 취하는 것이 제일 좋았습니다. 거기다, 어느 게스트하우스 근처에 있는 음식점 주인 동생한테 태국말을 배우는 재미도 있었지요. 제가 까올리(한국인)란 것을 알고 난 후, 드물게 보는 까올리라며 친절하게 대해주었어요. 그리고 그 음식점에는 20대 초반의 여자가 일을 하고 있었는데 그녀도 호기심 어린 눈초리를 던지더군요. 참 아름다운 태국여인이었어요. 그녀를 보는 재미에, 태국말 배우는 재미에, 저는 매일같이 참새처럼 그 음식점을 드나들었습니다.

물론, 몇 년에 걸쳐 그곳에 가는 동안 좁아지는 보도와 번잡스러움 그리고 변하는 인심 따라 조금씩 사그라지는 낭만을 목격했고, 배낭 멘 외국친구들 중에도 고약한 놈들이 있다는 것을 깨달았지만, 30대 초반의 여행 초보자였던 저에게 그 시절, 그 거리는 해방구 그 자체였습니다.

경계인의 자유

　사실 돌이켜보면 외국보다 한국의 자연은 더 아름다운 것 같습니다. 동남아의 해변이 아름답기는 하지만 차가운 물과 서늘한 바닷바람 가득한 푸른 동해바다, 남해바다와 비교가 안 되지요. 설악산의 계곡, 지리산의 능선, 내장산의 단풍…… 이런 풍경은 세계 최고라 해도 과언이 아닐 겁니다.

　물론, 저는 해외여행을 시작한 후에도 종종 국내여행을 했지만 계속 해외여행에 심취한 이유는 바로 경계인이 누리는 자유 때문이었습니다.

　그 어떤 관습에도 부담을 느끼지 않는 자유…… 말이 안 통할수록 더욱 좋았지요. 저를 옭아매고 있던 관계와 시스템에서 벗어났기에 그것으로부터 자유로웠고, 동시에 다른 시스템으로 들어갔지만 그곳에서 어떤 관계를 맺지 않았기에 여전히 자유로웠습니다.

　경계선에 서 있는 순간 세상은 모든 가능성을 향해 문을 열기 시작했지요. 그때, 저는 아무것으로부터도 규정되지 않은 존재 그 자체였습니다.

아, 그때의 해방감이란……

그런 길에서야말로 순수한 인간의 '만남'이 있었습니다. 학벌, 직업, 성장배경, 사회계급을 의식하지 않은 만남이야말로 신선합니다. 마치 지구인이 외계인을 만나듯, 존재 자체에 대해 서로 호기심을 갖게 되지요. 그런 호기심을 간직한 순수한 만남은 제 여행을 신바람나게 했습니다.

처음 그런 경험을 한 곳은 방콕이었습니다. 그곳에 도착한 지 며칠 안 되어 와트 프라케오라는 유명한 불교사원에서 벽화를 구경하고 있는데, 젊은 태국 승려가 접근했어요. 몇 마디 얘기를 나누던 그는 자기 집에 묵으라고 권유하더군요. 저는 얼싸쿠나 좋다고 따라갔습니다. 숙박비도 절약하고 그들의 생활을 알 수 있는 좋은 기회였으니까요.

그의 숙소는 차이나타운 부근의 어느 불교사원 근처에 있었어요. 처음에 그의 방에 들어가는 순간, 깜짝 놀라고 말았습니다. 벽에 수많은 태국, 일본 여자배우들과 마돈나, 람보의 사진이 붙어 있는 게 아닙니까?

이 친구 스님 맞나?

놀라는 저의 모습을 보며 그는 클클대고 웃었어요.

"뭐, 사진 좀 붙여놓은 것 같고 왜 놀라요?"

그의 말에 의하면, 그것을 보면서 생각의 흐름을 주시하는 것, 이것이야말로 수행 아니냐는 겁니다.

나중에 알고 보니 그 말은 바로 요즘 우리에게도 많이 알려진 위빠사나 수행의 일종이었지요. 즉, 모든 생각과 행위의 흐름을 있는 그대로 관찰

하면서, 견성을 이루는 방법으로 부처님이 깨달음을 얻을 때 사용했다는 수행방법이었습니다.

그러나, 제가 보기에 그 친구는 말만 그렇지 진지한 승려는 아니었어요. 그는 불교대학에 다니는 학승이었는데, 많은 가난한 청년들이 신분상승 수단으로 승려가 되는 경우가 태국에서는 많다더군요. 학비보조를 받아 공부를 한 후, 졸업해서 환속하여 자기의 길을 가는 경우가 많았어요. 그도 그런 승려였을 뿐이지 결코 사이비는 아니었습니다.

어쨌든, 한국청년이 하나 왔다는 소문이 퍼지자 근처의 모든 승려들이 몰려들었고, 끝없는 질문과 대화가 밤새도록 이어졌습니다.

아침이면 그는 일찍 일어나서 탁발을 나갔고, 저는 늦잠을 잤지요. 탁발을 마친 그가 돌아올 때쯤 저는 눈을 비비며 일어나곤 했습니다.

밥, 생선, 과일, 우유, 야채, 고기들…… 스님이 맨발로 다니며 거리에서 얻어온 공양물들을 늦게 일어나 먹자니 고마우면서도 미안했습니다.

상좌부 불교, 즉 우리에게 소승불교로 알려진 남방불교에서는 몇 가지 고기만 빼고 육식을 금하지 않습니다. 다만, 그들은 오후불식(午後不食), 즉 12시 이전에 한 끼만 먹고 오후부터는 먹지를 않았어요. 부처님 시대부터 내려온 전통입니다.

그렇다고 저까지 굶을 수가 없었지요. 저는 혼자 나가 점심과 저녁을 사 먹었는데 어느 날 그와 그의 친구가 늦은 오후에 저에게 부탁을 했습니다.

"리, 솜땀(파파야 생채를 고추, 마늘, 레몬, 생선젓으로 버무린 무침)하고 밥 좀 사다 줘."

몰래 먹을 생각이란 것을 금방 알아챘지요. 물론, 저는 흔쾌히 청을 들어주었습니다. 숙박비도 안 내고 아침도 얻어 먹는 처지라 당연히 제 돈으로 샀습니다.

사오자마자 문을 닫고 서너 명이 둘러 앉아 밥을 먹기 시작하는데, 누군가 문을 두드렸습니다. 그러자 모두 화들짝 놀라며 뒤로 물러 앉고 저만 먹는 시늉을 했어요. 그런데, 문을 열고 들어온 이는 또 다른 스님이었습니다. 그러자 우리는 다시 모여앉아 허겁지겁 밥을 먹었습니다.

참, 그 광경을 보면서 웃음도 나고 서글프기도 했어요. 먹는 게 무슨 죄라고…… 계율 때문이었지요. 한참 자라날 나이에 하루 한 끼를 먹고 살려니 얼마나 힘들었겠어요. 그런데, 후일, 태국 북부의 어느 조용한 사원에 묵을 때, 그곳은 정말로 오후불식이었어요. 그 바람에 저도 굶어 죽을 뻔했지요. 이렇듯, 태국의 모든 스님들이 계율을 어기고 있는 것은 아니었습니다.

어쨌든, 그들의 체제와 관습에 물들지 않은 경계인이었던 저에게 그들은 벌거벗은 '인간의 모습'을 보여주었고, 저 또한 그들을 승려 이전의 젊고 싱싱한 인간으로 보았어요. 이런 인간과 인간의 만남 앞에서는 허물이 금방 없어지더군요.

아침은 그가 주고, 점심, 저녁은 제가 주며 우리는 서로 공생했고, 수많은 얘기를 나누었지요.

나중에는 레슬링을 할 지경까지 되었습니다. 삼판 양승제. 아무래도 제가 힘이 셌습니다. 십자 다리 꺾기도 들어가고 코브라 트위스트도 걸었습니다. 또 그의 빡빡 깎은 머리를 헤드록을 걸어 사정없이 비틀다, 업어치기로 내다 꽂기도 했지요. 격렬하게 게임을 하다보면 가끔 팬티도 벗겨지고…….

불교국가인 태국사람들이 보면 감히 상상할 수 없는 일이었으나 저는 사정 봐주지 않았습니다. 친해진데다, 유교전통이 강한 나라에서 온 저라, 나이 어린 놈은 다 제 밑이었으니까요. 저보다 8년 정도 밑이었는데…….

그러던 어느 날 우리는 시골에 있다는 그의 양부모집에 가기로 했어요. 태국승려들은 양부모가 여럿 있었어요. 전통이었나 봐요.

버스를 타러 길을 걸어가는데, 그가 갑자기 저에게 자기 짐을 들래요. 저도 무거운 배낭을 메고 가방을 들었는데…… 허, 제가 짐꾼입니까? 거절하니까 신경질을 내더군요.

이 친구 한참 가더니 자기 옆에서 걷지 말고 뒤를 따라오래요.

이 친구가 왜 이래? 나이도 어린 게…….

서로 입이 나온 채 밤 버스를 타고 그곳에 가니 새벽이었어요. 가자마자 원두막 같은 2층 목조집에서 한숨 잤지요. 깨어보니 혼자 밥을 먹대요.

나 참…… 짐 안 들어주었다고 밥도 안 줘?

서러움을 씹어가며 앉아 있는데 상을 물리고 가족들이 먹을 때 저를 부르더군요. 그제서야 저는 사태파악을 했지요. 둘이 있을 때는 허물없이 대해주었지만 사람들 앞에서는 그들의 관습을 지켜주길 원했던 것입니다. 태국에서는 가족들도 겸상을 하지 못할 정도로 스님은 존중을 받고 있던 것입니다.

그것도 모르고 저는 나이로 누르려고 했으니…….

그 다음부터 저는 스님을 모시고 다니는 종이 되기로 했습니다. 재미있었어요. 그는 그 동네에서 왕이더군요. 마을 주민들이 모두 무릎을 굽히며 인사를 할 정도였으니.

며칠 그곳에 머문 후, 다시 방콕의 집으로 돌아오는 순간, 우리는 예전으로 돌아가 친한 친구가 되었습니다. 불교대학에 들어가 같이 수업도 듣고, 마침 벌어지는 축제를 보기도 하고…… 이렇게 2주일 정도를 보낸 후, 저는 본격적인 동남아 여행을 시작했습니다.

지금 생각해보니 보는 즐거움 때문이 아니라, 낯선 곳에서 누리는 익명의 자유, 경계인으로서의 자유 때문에 저는 자꾸 배낭을 메고 밖으로 나갔나 봅니다. 그 자유는 한 번 맛보면 쉽게 잊을 수 없는 자유였습니다.

느림과 버림

동남아의 매력은 여러 가지입니다.

볼 것 많고, 물가 싸고, 인심 좋고, 정글, 해변 등 넉넉하고 풍요로운 자연이 있고, 그리고 여러 나라가 국경을 마주하고 있기에 육로를 통해 다양한 문화를 접할 수 있습니다.

이렇듯이 많은 매력 중에서 우선 느림에 대한 매력을 얘기하고 싶군요.

요즘은 우리 사회에서 무한경쟁, 바쁜 사회에 대한 저항으로 '느림'에 대해 많은 얘기를 합니다. 그만큼 삶이 너무 힘들어졌다는 얘기겠지요.

저도 직장 나오기 전에 일을 많이 했습니다. 거의 매일 야근을 했지요. 한 번은 버스를 타고오다 속이 느글느글해서 차멀미를 하는 줄 알고 내렸는데, 알고보니 과로 때문에 그랬어요. 아찔하더군요. 이런 상태로 가다가는 죽을지도 모른다는 생각이 들었습니다. 정말입니다. 그후, 저는 제 생명을 위해서라도 일에 너무 몰두하지 않기로 했습니다.

생명 있고 일 있지, 일 있고 생명 있습니까?

그런 제가 직장을 그만둔 채 배낭 하나 메고 동남아로 오니 다른 세상이었습니다. 특히 저는 태국의 해변을 좋아했는데 푸케트, 코피피를 잊을 수가 없습니다.

그곳을 제가 처음 갔을 때는 1988년도 겨울이었습니다.

푸케트의 나이한 비치에서 스웨덴 친구들과 빈둥거리며 파도타기를 즐겼지요.

먹고, 자고, 파도타기 하고, 선탠하며 뒹굴거리다, 저녁에 맥주 한 잔 하며 친구들과 얘기를 나누었지요. 시간은 천천히 흘러갔고 그만큼 제 삶이 풍요롭게 느껴졌습니다.

푸케트에서 얼마 떨어지지 않은 코피피는 더 좋은 곳이었지요. 이미 코사무이가 개발되어 번잡스럽다는 말을 듣고, 저는 푸케트의 바로 코앞에 있는 코피피에 갔었는데, 배로 가는 세 시간 동안 파도가 심해 멀미를 했습니다. 멀미약을 두 알씩이나 먹었어도 소용이 없었어요. 파도가 배 안으로 몰아쳐 홀딱 젖기도 하고 다들 난간을 붙잡고 억억거리며 토하고…… 그렇게 힘들게 간 코피피는 황홀했습니다.

그 섬은 한적한 곳이었습니다. 파란 하늘과 바다, 백사장, 푸른 야자나무 그리고 산들거리는 바람을 즐기며 혼자서 뒹굴거렸지요. 아무도 저를 알지 못하는 그 익명의 자유 속에서 저는 대자연에 제 자신을 맡겼습니다.

사람이 안 보이는 한적한 해변을 찾아가면 가끔 브래지어를 벗고 선탠을 즐기는 서양여자들이 있었습니다. 제가 근처에 있어도 상관 안 하더군요. 그러다 조금 친해져서 벗은 채 앉아서 이런 얘기, 저런 얘기를 나누었지요.

그곳에는 원초적인 자유가 있었습니다. 섹스에 관한 욕구가 생기는 게 아니라 자유와 평화를 느낄 수 있었습니다. 그것에 힘입어 저도 사람 없는 해변에서 옷을 다 벗고 원시인처럼 돌아다녔지요. 아무 할 일 없이 그저 어슬렁거리는 가운데 느끼던 해방감…… 인적 없는 해변의 파도는 철썩거리고 푸른 야자나무 위로 펼쳐진 파란 하늘은 끝이 없었습니다. 해변에 누워 흘러가는 구름을 아무 생각 없이 바라보았지요. 시간은 한없이 느리게 흘러가고 있었습니다.

그 순간, 촘촘히 그물처럼 짜여진 눈에 보이는 관계와 눈에 보이지 않는 세상의 인연들이 스르르 풀려나가고 있었고 그때, '존재의 해방'이라는 좀 거창한 느낌이 제 온몸을 덮쳐오더군요.

아, 참선이나 명상을 통하지 않고 이렇게 '빈둥거리는 순간'을 통해서도 무념무상으로 빠질 수 있다니…… 그 순간들은 저에게 신선한 충격이었습니다.

또 한 가지는 버림의 매력.

동남아는 더운 만큼 노출이 심했습니다. 그러다보니 옷차림도 가벼워졌는데, 그럴수록 마음도 가벼워졌습니다.

버림이니 무소유니 하는 것은 주로 재산과 관계되는 것 같았지만 여행

자들이 피부로 느끼는 것은 우선 옷과 배낭이었습니다. 짐이 가벼우면 몸과 마음이 날아갈 것 같다는 것은 배낭여행자면 누구나 다 알게 됩니다.

그러나 여행초보자였던 그 당시, 제 배낭은 좀 무거운 편이어서 '버림'에 대한 것은 제가 말할 자격이 없습니다. 다만, 여행 중 만난 사람 얘기를 하고 싶군요.

말레이시아의 서부해안에 있는 멜라카에서 프랑스 연인들을 만난 적이 있어요. 같은 게스트하우스에 묵고 있었는데 20대 중반의 프랑스 남자가 갖고 다니는 것은 지팡이 하나였어요. 그야말로 모든 것을 버리고 세상을 주유하는 도인처럼 보이더군요.

달랑 여권과 돈만 그의 여자친구가 보관했는데 그 여자도 조그만 쌕 하나밖에 없었어요. 또한, 그 프랑스 사내는 칫솔도 없었고 갈아입을 속옷도 없었습니다. 겉옷도 입고 있는 반바지와 티셔츠가 전부였으니 목욕과 빨래가 따로 없었습니다. 그냥 샤워하며 같이 문지르면 빨래였지요.

그런 그들을 그곳에 묵던 모든 사람들이 좋아했어요. 그 여자친구도 사교적이고 귀여웠는데 우리와 다 친했습니다. 특히 독일사내와 친했는데 가끔 독일친구가 프랑스 남자 앞에서 일부러 여자를 슬쩍 팔로 감싸안으면 프랑스 사내는 지팡이를 들고 쫓아갔지요. 우리는 그런 그들을 보며 웃고…… 참 재미있는 친구들이었습니다.

프랑스 여자가 말하기를, 프랑스에서 세 달만 일하면 일 년 동안 동남아 여행할 수 있는 돈을 벌 수 있대요. 그래서 지금 세번째, 즉 삼 년째 그렇게 동남아를 천천히 여행하고 있다는 겁니다.

필요한 돈만 벌면 훌쩍 지팡이 하나 짚고 떠돌아다니는 사람들…… 부러웠습니다.

물론, 저도 직장을 그만두고 그렇게 돌아다니고 있었지만, 솔직히 돌아가면 어떻게 살아야 할지 막막했지요. 그런데, 그들은 세 달 일하고 일 년을 여행할 수 있다고 했습니다.

지금이야 한국도 직업이 분화되고 여행 관련 산업도 발전해서 나름대로 그런 일자리가 많이 형성되어 있지만, 80년대 그 시절 한국은 막막하고 경직된 사회였습니다. 한 번 이탈하면 생계가 막막하던 시절이었지요.

하지만 그런 걱정들은 자유롭게 떠돌던 순간들이 너무 즐거워 곧 잊게 되었습니다. 그러나 세월이 흐르며 알게 된 것은, 좋았던 추억이 계속 이어지는 현실은 아니더라는 것이지요. 그후, 긴 세월 동안 떠나고 돌아오는 생활을 반복하면서 생존과 생활을 위해 많은 고민을 하게 되었고, 또한 현지사정도 많이 변해갔습니다.

그후 들리는 얘기로는 코피피는 수많은 고급호텔이 들어선 번잡스런 휴양지처럼 변했답니다.

여기보다 더 극적인 변화를 보여주는 곳은 코사무이입니다. 80년대 초반까지도 코사무이는 한적한 섬이었대요. 정말 낙원 같은 곳이었는데 그로부터 한 육 년이 지난 1988년도 말 그때, 들리는 얘기로는 그곳이 엄청나게 번잡해졌다는 겁니다. 그후, 1997년도에 저는 코사무이, 코팡간에 들려 엄청나게 변한 현장을 직접 목격했습니다. 시장바닥처럼 변한 겁니다. 해변가 근처에는 끝없이 호텔들이 늘어서 있었고, 버글거리는 인파로 정신을 차릴 수 없었어요. 술집, 나이트클럽도 많이 들어섰구요.

그 위에 있는 코팡간 역시 마찬가지였어요. 코팡간은 1988년도엔 한적한 섬이었다는데 여기도 수많은 사람들로 우글우글…… 그래서 그 위에 있는 코타우란 곳을 가보니, 한결 한적하더군요. 그러나 스킨스쿠버하는 사람들 중심으로 이미 많이 몰려들고 있었습니다. 결국 시간이 흐르면 여기도 변하겠지요?

물론, 한적한 섬도 있었어요. 코창처럼 특색 없는 섬이나 그랬는데 현지인들이 조금 오더군요.

1988년도 말에 만났던 어느 독일인은 불평이 대단했습니다.

태국은 이제 다 끝났다는 겁니다. 80년대 초반에 태국을 여행했던 그의 말에 의하면, 그 시절의 인심과 한적하고 평화로운 모습이 다 망가졌다는 것이지요.

하지만 저는 1988년도에 그 '망가진 태국'에 감격하고 있었으니, 그가 왔던 80년대 초반, 혹은 70년대는 얼마나 좋았던 것일까요?

태국만 그런 게 아니라 말레이시아도 그렇게 변해갔습니다. 10여 년만에 다시 가본 콸라룸푸르 모습에서 저는 충격을 받았고 그 울창하던 카메론 하일랜드의 정글이 엄청나게 파헤쳐진 것을 보며 실망도 했지요.

캄보디아의 앙코르와트도 갈 때마다 변해가고 있었고 월남은 말할 것도 없었지요. 1993년도에 처음 갔을 때 사이공은 허름하기 짝이 없었는데 1999년도에 가니 이런, 천지가 개벽한 것처럼 바뀌어 있더군요.

군부 사회주의독재로 사회가 고립되어 있는 미얀마나 안 변했을까요? 1993년도에 처음 갔을 때, 일류 중국집에서도 병따개(오프너)가 없어서 나무에 못을 박아 사용할 정도로 낙후되어 있었고 병따개를 선물로 주니 무엇에 쓰는지를 모를 정도였으니까요. 그후 다시 가보지 못했는데 그 정도는 변했겠지요?

느긋하던 동남아도 이렇게 빠른 속도로 변해갔고, 예전의 그 느긋하던 모습은 점점 사라지고 있었습니다.

그러나 저는 너무 불평하거나 실망하고 싶지는 않습니다. 세상 어디나 빠른 속도로 변하고 있기에, 상대적으로 그들의 삶은 여전히 저에게 느리고 풍요롭게 느껴집니다.

다른 험한 곳을 여행하다 보면 그래도 풍요로운 인심과 음식을 맛보며 느긋함을 누릴 수 있는 편안한 여행지는 역시 동남아란 생각이 들게 됩니다. 또한, 저에게는 좋은 추억들이 많이 고여 있기에 더욱 그럴 겁니다.

호기심

동남아 여행을 마치고 다시 대만에 들렀다가 일본여행을 했습니다. 충격이 대단했습니다. 제가 알던 일본이 아니었어요. 깨끗한 거리, 상냥한 태도, 우리보다 훨씬 앞선 사회시스템 앞에서 크게 놀란 거지요. 좀더 냉정하게 일본의 실상을 알게 된 것은 한참 후의 일이었습니다.

저는 일본에 푹 빠져들기 시작했습니다. 처음 일본여행은 1개월 정도였는데 일본 교토에 있는 사촌형 집에 머물며 교토, 오사카, 나라, 아스카 등 긴키 지방을 샅샅이 여행했습니다.

그때, 제가 가장 관심을 가졌던 것은 역사였어요. 솟구치는 호기심을 안고 한국에 돌아와 공부를 했지요. 특히 백제와 고구려와의 관계 등 고대사 부분이 정말 재미있었어요.

그후, 다시 일본을 방방곡곡 돌며 여행안내책자에서 소개하지 않은 곳들을 찾아다니는 재미에 푹 빠져버렸습니다.

임진왜란 때 끌려갔다는 도공, 심수관 14대를 찾아 가고시마 부근까지

물어물어 찾아갔고, 도쿄 부근에 있는 고려 신사에서 고구려 보장왕 53대 손이라는 제주를 만나 떡 대접을 받기도 했으며, 오사카 부근에 있는 의자왕 자손인 백제왕 경복의 신사를 찾아갔을 때의 희열이란…… 또, 오사카 근교의 왕인박사의 무덤을 찾고, 지금은 이름도 잊었지만 조선시대 끌려갔다는 어느 후궁의 집을 찾아가서 풀 덮인 마당을 보다, 건너편에서 풀빵을 팔던 할아버지가 바로 그집이라고 확인해줄 때 저는 마치 역사의 수수께끼를 푸는 기분이었어요.

그후 여러 차례에 거쳐 3개월 정도 규슈에서부터 홋카이도까지 구석구석을 돌았으니, 물가 비싼 일본에서 꽤 많은 돈을 썼습니다. 그 돈이면 다른 나라도 많이 여행할 수 있었는데 일본에 한번 빠지고 나니 자꾸 그곳만 가게 되는 겁니다.

제 여행 이력에 나랏수가 별로 안 늘어도, 누가 알아주지 않아도 뭔가를 알아간다는 기쁨 그 자체가 저는 즐거웠습니다.

제 호기심은 끝이 없어서 심지어 일본사람은 쌍꺼풀의 비율이 얼마나 될까? 일본사람의 콧잔등 뼈는 과연 없을까? 일본사람의 새끼발톱은 과연 갈라져 있지 않을까라는 의문을 가지며 확인도 했지요.

참 지금 생각하면 그래서 어쨌다는 거지라는 생각이 들 정도로 우습지만, 그 당시에는 별것이 다 궁금했습니다.

한국여자와 결혼한 일본남자로부터 들은 이야기인데 한국사람은 새끼발톱 끝이 갈라져 있고, 일본사람은 안 갈라져 있대요. 그리고 한국사람은 콧잔등을 잡으면 튀어나온 뼈가 잡히는데 일본사람은 안 그렇다는 거지요.

그런 호기심은 계속 이어져서 후일 태국에 다시 갔을 때는 태국의 상좌부 불교(소승불교)가 알고 싶어 북쪽의 어느 사원에 가서 같이 하루 한 끼만 먹으며 그들의 수행을 엿보기도 하고, 미얀마의 양곤에서는 상좌부 불교의 수행방법인 위빠사나 수행에 참여해보기도 했지요.

하여튼 저는 한동안 이런 지식과 체험에 매달리며 여행을 했습니다.

그런데, 이게 사이클이 있는 것 같습니다. 이런 '채움'의 태도가 몇 년 지나고 나니까, '버림'에 대한 태도로 변했으니.

내가 이걸 알아서 어쩌자는 건가. 이런 걸 전문적으로 연구하는 사람도 아니고…… 또, 남들이 다 해놓은 지식을 수집하는 게 무슨 의미가 있단 말인가…… 나는 여행하는 사람인데, 그냥 빈 마음으로 다니자.

이런 마음이 든 겁니다. 그러나 이것 역시 어느 날 갑자기 태도가 변한 것은 아니고, 차차 변해간 것이지요.

그 계기는 인도여행이었습니다.

방랑

혼란스런 인도

제가 인도에 관심을 가졌던 계기는 대학 1학년 때인 1978년도에 어떤 스님이 쓴 인도여행기 때문이었습니다. 과장법과 영탄법이 많이 섞인 시적인 문체로 쓰여진 그 책은 어린 저의 상상력을 한없이 부풀렸었지요.

신비스런 체험, 세상의 모든 것을 다 깨달았다는 명상가 라즈니쉬의 얘기, 달라이라마와의 만남, 병을 치유하기 위해 오줌을 마시고 다녔다는 얘기, 그리고 그분은 귀국했을 때 사람 뼈로 만든 피리인가, 염주를 갖고 왔다지요?…… 그 책을 본 저는 인도에 가면 영적인 스승을 만나 단번에 무슨 깨달음이라도 얻을 줄 알았습니다. 갈 수 없었던 저는 한없이 치솟은 담장 밖 세계를 먼저 보고 온 사람이 전하는 환상적인 세계를 그리며 한동안 열병을 앓았지요.

그로부터 십이 년 후인 1990년 6월 말에 저는 처음으로 인도에 갈 수 있었습니다.

그런데, 가기 전 방금 인도여행을 마치고 돌아온 사람들로부터 들은 인도 얘기는 실망스럽기 짝이 없었습니다.

"오줌을 먹어요? 왜요? 미네랄 워터 다 파는데."

"아이고, 명상가, 사두…… 그기 다 사기꾼들이라요. 힌두교 사원에 가 보소. 관광객들에게 돈 뺏으려고 얼마나 폼잡고 머리 굴리는데……."

3, 4개월 정도 인도여행하고 돌아온 그들의 말은 다 이런 식으로 부정적 이었습니다.

그러나 저는 십이 년 전에 가졌던 막연한 환상을 쉽게 버리고 싶지 않았 어요.

바로 활자에 대한 믿음 때문이었습니다.

사람들은 일단 활자화되어 신문이나 책으로 나오면 믿고 싶어하는 습 성이 있잖아요? 거기에 저자의 권위, 매스컴의 홍보, 아름다운 글이 섞여 지면 그냥 다 받아들이고 싶어지는 것이고…….

물론, 인도에 가서 병이 나면 오줌을 먹어 자연치유해야 한다는 현실은 별로 믿지를 않았습니다. 오줌을 마셔 병을 치유할 수도 있다는 '사실'에 대해 전적으로 부정하고 싶지는 않았지만, 여행자가 인도여행하다 병이 나면 그렇게 할 수밖에 없는 비장한 인도의 '현실'은 믿지 않았습니다.

이미 60년대, 70년대 서양, 일본사람들이 수없이 몰려갔던 인도였는데 아무리 열악해도 그 정도까지라고 생각하지 않았어요.

그저 그 스님의 (그분을 지금도 스님이라고 해야 할지 모르겠네요. 환 속을 했다는 소식을 전해 들었는데……) 독특한 체험 정도로 생각했고 그것이 인도여행의 본질은 아니라고 생각했으니까요.

스리랑카를 거쳐 남인도의 마드라스에 첫발을 디디는 순간까지는 좋았습니다. 거리를 맨발로 걸어다니고 차 안에 재스민 꽃다발을 걸어두는 그들의 낭만이 좋았으며 운전사도 생각보다 양심적이고 착한 사람이었으니까요.

그러나 서서히 여행을 하기 시작하면서 저의 환상은 와그르르 무너지기 시작했습니다.

아, 저는 인도에만 가면 곳곳에 명상가들이 앉아서 가르침을 펴고 있고, 인도사람들은 다 '한 소식' 해서 뭔가 지혜의 말을 건넬 줄 알았으며, 인도인들은 다 유유자적하면서 살아가는 줄 알았어요.

그런데 이게 뭡니까?

저를 어디서나 반겨주는 사람들은 거리의 끈질긴 거지들이었고, 관광지의 상인들은 사소한 것을 속였으며, 사람들은 유유자적하기는커녕 우리보다 더 끈적끈적하게 악착같이 살아가고 있었습니다. 인도는 결코 별천지가 아니었으며 사람 사는 곳은 다 똑같다는 생각에 맥이 빠지더군요.

사실, 이 부분은 제 책임이 큽니다. 그분의 책을 읽으며, 글이란 게 원래 주관적이라는 것을 알고, 아무나 갈 수 없었던 시절에 먼저 가보았던 사람의 충격과 과장을 어느 정도 감안했어야 하는데, 어린 저는 모든 내용을 '객관적인 사실'로 생각했던 것이지요.

저를 더 힘들게 한 것은 더위였습니다. 그해 여름은 우기도 늦게 와서

7, 8월의 더위는 섭씨 40도를 오르내리고 있었습니다. 비몽사몽 속에서 헤매며 다녔어요. 싸구려 게스트하우스 같은 곳에서 벼룩과 모기와 더위와 싸우며 하루하루가 힘들었습니다.

에어컨이 없으니 창문을 열 수밖에 없었습니다. 방충망 없는 창문을 열면 거짓말 안 보태서 한 오십 마리도 넘는 모기떼가 방으로 들어와 윙윙거립니다. 선풍기를 틀어놓고 거의 발가벗은 채 얇은 이불을 뒤집어쓰지만 이내 숨이 막혀옵니다. 이불을 걷어차는 순간 따끔거리는 피부…… 선풍기 바람이 막아주려니 하지만 워낙 모기가 많으니 사정없이 물립니다. 결국, 모기들한테 피 보시 한다 생각하고 그냥 이불을 걷어차고 자고 나면 온몸은…… 그것보다 더 힘든 것은 벼룩입니다. 어느 날 자다가 따끔거려 침대 매트리스를 들어보니 커다란 벼룩들 수십 마리가 우글거리더군요. 잡아 죽이다 보니 제 손과 침대에는 붉은 피가 흥건했습니다. 한번은 술 취해 잤다가 아침에 일어나보니 온몸이 마치 식중독 걸린 것처럼 발끝에서부터 목끝까지 물려 다 부어버렸습니다.

아, 이렇게 얘기하면 인도에서 매일 그런 것처럼 보일 테지만 그건 아니고, 그 무더운 한여름에 몇 번 그랬습니다. 하지만 그 몇 번이라도 된통 당하고 나니 너무 힘들었어요. 날씨가 더우니 온몸이 가렵고, 아프고, 짜증 나고…… 여행 초기의 저는 정말 미칠 것만 같았어요.

사실 이런 정도는 인도를 장기여행하는 사람이라면 누구나 겪는 일이라 대수로운 게 아닐 겁니다. 하나의 통과의례라고나 할까……

저와는 다른 경험을 하는 분들도 있습니다. 날씨가 선선한 겨울에 오는 사람들 중에는 첫 인도여행임에도 불구하고 오자마자 좋았다는 사람들이 많습니다.

제 경우에는 아마 무더위 속에서 여행하다 보니 더 힘들게 느껴졌던 것 같아요.

8월 말 어느 날 저는 기차역인가, 버스터미널 근처인가에서 배낭을 보관소에 맡기고 샤워실로 갔습니다. 화장실 옆에 나무로 칸막이를 한 후 샤워를 할 수 있게 만든 곳인데 매우 더러운 곳이었어요. 저는 거기 쭈그리고 앉아 머리에 물을 뒤집어쓴 채 한동안 있었습니다. 하수구로는 옆에서 비누질한 물들이 역한 냄새를 뿜으며 흘러가고 있었습니다만 그곳에서 나오고 싶지 않았어요.

그래, 이러려고 인도 왔는가? 이제, 너는 여기서 더 무엇을 볼 것인가?

한 2개월이 넘어가고 있던 참이었습니다.

만약 제가 이때쯤 여행을 마치고 돌아왔다면 저는 인도에 대해 아주 나쁜 인상을 갖게 되고, 평생 다시는 인도에 가지 않았을 겁니다. 남들이 좋은 쪽으로 쓴 인도여행기를 보면서 종종 빈정거렸을 겁니다.

그러나 저는 오기로 버티며 다시 여행을 시작했습니다.

flying bee

그렇게 힘들게 여행하다 3개월이 넘어가던 무렵부터 날씨가 선선해지기 시작했습니다. 그러자 더위로 인한 고통이 사라지며 조금씩 제 몸에 생기가 돌았습니다. 그리고 인도에 익숙해지면서 조금 거리를 둘 여유도 생겼구요.

인도에는 양극단이 있었어요.

처음에 부딪쳤을 때는, 환상이 깨지는 충격 때문에 양극단 중의 부정적인 면이 크게 확대되어 보였는데 시간이 지나면서 차차 긍정적인 면들이 가슴에 와 닿기 시작했어요.

그들의 여유와 착한 마음에 감동했고, 불쌍한 사람들을 보며 눈물도 흘렸습니다. 그리고, 숙연한 마음을 일으키는 고고한 수행자들도 종종 보게 되었구요.

그러나 여전히 인도가 잘 이해되지 않았어요. 제 잣대로 인도를 파악하고 인도사람을 이해하려 했지만 혼란스럽고 걸핏하면 화가 나는 겁니다.

이해하기 힘든 그들의 느려터짐과 뻔뻔스러움과 속임수에…… 그러니 저는 항상 예민하게 신경을 곤두세운 채, 마음을 '탁' 놓아버리지 못하고 다닐 수밖에 없었습니다.

그러던 어느 날, 기차를 타고가던 중이었어요.

9월 말, 호수와 들판을 가로질러 불어오는 바람은 서늘했고 기차 안은 많이 비어 있었습니다. 3층 침대에 모로 드러누워 열려진 창문과 기차문 사이로 스쳐 지나가는 저녁나절 풍경을 물끄러미 바라보고 있었지요. 지친 몸과 마음이 편안해지고 있었는데 초등학교 2, 3학년쯤 되는 아이가 가방을 메고 있었는데 거기에 'flying bee'라고 쓰여져 있어요.

날으는 벌, 날으는 벌…… 갑자기 그 글자가 제 눈에 들어와 박히더군요.

아이는 어딜 가고 있는 것일까요? 친척 집에 가는 것인지, 짧은 구간만 통학하는 것인지 알 수 없었습니다.

초라한 차림의 아이는 문 옆에 서서 물끄러미 차창 밖을 바라보고 있었습니다. 바람결에 머리카락과 옷자락이 흩날리는데…… 그 아이가 마치 날려고 하는 아기 벌처럼 보이더군요. 그리고…… 왜 그랬을까요, 아이의 모습을 계속 쳐다보고 있던 제 가슴에서 슬픔이 북받치기 시작한 겁니다. 지금도 그 이유를 모르겠습니다. 그 아이가 결코 불쌍해서도 아니었고, 슬플 일도 없었습니다.

그런데 왜?

제 어린 시절이 생각나서일까요? 물끄러미 바라보는 소년의 뒷모습에서 슬픈 삶을 엿보아서일까요? 힘든 세상에서 살아갈 저 아이의 미래가 슬퍼 보여서일까요?

모르겠습니다. 아무 이유 없이 그냥 슬펐어요.

어른이건, 아이건 뒷모습이란 늘 슬픈가 봅니다. 허전하고 애절하고…… 그리고 해 저물어가는 저녁나절 풍경은 언제나 슬펐지요.

그때 그 슬픔 속에서 세상을 그냥 놓아버리고 싶은 생각이 들었습니다. 인도가 비참하든, 슬프든, 짜증나든, 환상을 주든, 실망을 주든…… 그냥 슬픈 마음으로 놓아버리고 싶었어요. 아니, 이 세상 모두를.

어디론가 세월 따라 가는 인생들, 거기에 몸을 맡긴 채 저도 그냥 어디론가 가고 싶었습니다.

그때부터 제 인도여행은 편해지기 시작했습니다. 가슴 한가득 슬픔을 안고 인도를 물끄러미 바라보며, 세상과 저를 '체념' 하고 '방관' 하기 시작한 거지요.

그렇게 해서 저는 첫번째 스리랑카, 인도, 네팔여행을 약 9개월 동안 할 수 있었습니다.

그후, 인도 마니아가 되어 네 차례를 더 여행했고, 지금도 여전히 인도를 그리고 있습니다. 그만큼 인도는 제 삶에 가장 큰 영향을 준 땅이었습니다.

구도자

인도여행을 오래하다 보면 구도자 같은 여행자들을 종종 보게 됩니다.

사람마다 시각이 다르겠지만, 분명히 인도땅에는 인간의 내면을 깊숙이 들여다보게 하는 어떤 기운이 충만한 것은 사실입니다. 그런 기운을 받아들이기까지는 조금 시간이 걸리지만…….

저 역시 인도를 여행하며 그런 기운에 푹 젖었습니다. 만나는 여행자 중에서 서로 주파수가 맞는다고 확인되는 순간, 10년 지기처럼 친해지게 되지요.

물론 '나, 구도자'라는 말이 얼굴에 씌어진 사람들은 제외하구요. 삶을 살아가는 하나의 자세를 마치 무슨 직업이나 타이틀로 여기는 사람들은 피하고 싶었습니다.

어쨌든 저 또한 명상이나 수행 쪽에 관심이 많아 좀 알려진 곳들은 찾아다닌 편인데, 얼마 후 그런 것들은 제 관심 밖으로 멀어졌어요.

실망한 적도 있었고, 조금 감동받은 적도 있으니 그런 쪽을 모두 폄하하고 싶지는 않습니다. 또 제가 모르는 곳에서 진정으로 수행하는 훌륭한 분들이 있을지도 모르니까요. 제 경험의 한계는 늘 인식하고 있습니다.

다만, 그렇게 된 이유는 무게중심이 다른 데로 옮겨졌기 때문입니다. 제 영혼을 진정으로 감동시킨 사람들은 고고한 사람들이 아니라, 헐벗고 발버둥치며 살아가는 거리의 사람들이었어요. 물론 저를 짜증나게 하는 사람들도 많았지만 그 속에는 슬픔, 선함, 감동들이 수없이 있었습니다.

그런 것을 조금씩 겪으며, 젊은 나이에 한때 현실에서 벗어나 인도 좀 방랑하며 구도 분위기에 젖어 있는 게 좀 부끄러워졌어요.

고통스런 사바세계에서 저렇게 살아가는 자체가 구도일 텐데……라는 생각이 든 겁니다. 또한 우리 한국에도 수많은 종교와 수행방법이 있는데 굳이 인도에서 무언가를 찾겠다는 생각은, 신기하고 낯선 것에서 무언가를 보고 싶어하는 인간의 '호기심'에서 연유된 것은 아닐까라는 의심이 들면서, 그런 호기심을 미화시켜 자기도취에 빠지면 안 되겠다는 생각이 들더군요.

또한 제 아무리 신비한 영적 체험을 해도, 현실에서 한없이 동떨어져 있는 것은 의미가 없다고 생각했습니다. 물론, 인도땅에서 죽을 때까지 살아갈 사람들에게는 '동떨어진 삶' 그 자체가 또 하나의 현실일 테니, 그런 사람들 입장에서는 수행하는 삶이 튼튼한 현실일 수도 있겠지요.

그러나 한때 인도를 여행하다 떠날 제 입장에서는, 명상센터에서의 체험, 아쉬람에서의 체험들이 그 순간은 대단한 것 같지만 세월이 흐르면서

빛이 바래질 것 같다는 예감이 들었지요. 제가 살아갈 '현실'이 아니었으니까요.

아무리 신비한 체험과 사상도 일상에 뿌리박지 못하면 허약하다고 보였지요. 뿌리를 하늘로 뻗는 나무는 본 적이 없었으니까요.

또, 한정된 울타리 속에서는 마음의 평화를 찾은 것처럼 보이던 사람들도 결국 생계와 일상의 사소한 문제, 사람들과의 관계에 봉착하면 더 추한 꼴을 보이는 장면을 목격하며 저는 뿌리를 대지에 내려야 한다는 확신을 얻었습니다.

그래서 저는 명상센터에서 시간을 보내고 사두, 구루들을 만났으면서도 그곳에 머물지 않았습니다.

그렇게 저의 입장은 정리되었는데 저와는 다른 사람을 만난 적이 있었습니다.

독일친구로 20대 중반이었어요. 머리를 짧게 깎은 친구였는데 저와는 달리, 현실보다는 세상의 모든 종교와 수행에 관심이 더 많았습니다.

물론, 몇몇 알려진 인도의 명상가들을 돈과 권력의 냄새가 너무 난다며 혹평하기도 했지만, 그는 항상 스승을 찾고 싶어했습니다. 단, 자기 길을 가고 싶다면서요.

그의 꿈은 '깨달음'을 얻을 때까지 평생을 떠돌며 수많은 종교와 수행 방법을 접하는 것이었습니다.

한국의 선불교도 관심이 있다며 언젠가 한국에 와서도 수행하겠다고 하더군요.

그때, 저는 전율했습니다.

야, 이런 멋진 친구도 있었구나.

그때, 그 앞에 펼쳐진 생이 무한한 가능성으로 충만한 것을 보았습니다. 그의 초롱초롱한 눈빛, 결연한 의지, 성실한 자세가 저를 감동시켰습니다. 그는 정말 구도자다운 구도자였고 그의 모습은 아름답기 그지없었지요.

글쎄요, 그는 지금쯤 어떤 길을 가고 있을까요?

인도의 매력

인도는 제게 늘 현재진행형입니다.

길을 걷다가도 혹은 다른 나라에서 기차를 타고 가다가도 문득, 인도에 있는 듯한 착각이 들 때가 있지요.

또, 인도여행을 다시 하게 되는 순간, 잠시 한바탕 다른 세계에서 꿈을 꾼 후, 예전의 인도여행이 계속 이어지고 있는 것만 같았습니다.

그래서 원래 제 삶의 모습이 '인도여행 중'인 것 같아, 늘 인도 어딘가를 달리고 있는 착각에 빠질 때가 많습니다.

제가 과장하는 것 같습니까?

아닙니다. 저는 과장이나 미화를 싫어합니다.

처음엔 힘들었지만 오랜 세월 속에서 정이 들고 나니까 그렇게 된 거지요. 저만 그런 게 아니라 인도여행에 푹 빠진 많은 사람들이 그런 말을 종종 합니다.

인도가 즐거워서도, 인도에서 무슨 깨달음을 얻어서도 아닙니다. 막상 인도에 다시 가면 투덜거리고 또 상을 찡그리는데…… 인도여행이 주는 묘한 매력이 있어요. 인도가 주는 매력이 아니라, 인도여행이 주는 매력입니다. 저는 인도와 인도여행을 분리하고 싶어요. 사실, 저는 인도여행에 대해서 알지 인도는 잘 모릅니다.

인도의 정치, 경제, 사회의 현실을 분석하면 암담하지요. 뭐, 이런 나라가 있냐는 생각도 들어요. 또 인도의 종교도 사회적으로 분석해 들어가면 한심하기 짝이 없습니다. 이건 인도의 그 무지몽매한 사람들을 억압하기 위한 거대한 사슬처럼 보이기도 합니다.

그리고 인도의 종교와 철학이 전달되는 과정에서 많은 왜곡이 일어나는 것을 보았습니다.

1960년대에 힌두교와 그것에서 파생된 많은 명상센터, 구루들은 정신세계의 앞길이 막힌 서양사람들에게 하나의 탈출구였지요. 이때, 갈구하는 서양인의 눈에 비친 인도와 인도현실 사이에서 한 번 왜곡이 일어납니다. 그리고 이것이 자본주의 시장에서 '상품화' 되는 가운데 또 한 번의 왜곡이 일어나지요.

또 시간이 지나면서 이번에는 인도의 선각자(?)들이 스스로 '명상상품' 을 만들어 수출합니다. 이런 흐름이 일본, 한국에 오는 동안 또 몇 번의 왜곡이 있겠지요?

이렇게 실망시키는 부분도 있지만, 인도의 깊고 깊은 신화와 철학을 접하고, 아주 드물지만 구석구석에서 여전히 신비스런 세계를 간직한 채 은

밀하게 숨어 사는 수행자들의 숨결을 언뜻 느낄 때, 인도는 또 하나의 다른 세계로 다가옵니다.

이렇게 인도는 다양한 면을 갖고 있는데, 제가 '인도여행'의 매력에 빠지게 된 것은 지구상에 거기밖에 없는 그 혼돈의 땅을 여행하다 보면 인간과 존재의 본질에 대해 끝없이 질문하게 된다는 점 때문이었습니다.

고통과 혼란을 통해서요.

만약 제가 인도여행을 통해 이러저러한 '해답'과 '깨달음'을 얻었다고 생각했다면 저는 곧 그 식상한 해답을 버리고 인도도 버렸을지 모릅니다. 또 하나의 틀을 만들어 그 생각과 경험을 지키려고 노력하는 동안 저는 다시 틀에 갇혔다는 것을 몸서리치며 깨달았을 테니까요.

그러나 그곳에서 저는 해답을 얻지 못했습니다. 다만, 끝없는 질문을 했지요. 자신이 다 알았다고 생각한 것들에 대해 회의하게 만들고, 스스로 가슴을 치며 수많은 질문을 하게 만드는 곳, 저는 그 땅을 사랑합니다.

인도여행에 대해서 2년 전쯤 『슬픈 인도』라는 기행문을 썼지만, 그 책은 제 인도여행의 부분일 뿐입니다.

사실 인도여행의 모습은 여러 가지입니다.

슬픈 인도, 기쁜 인도, 더러운 인도, 감동시키는 인도, 비참한 인도, 화려한 인도, 신비스런 인도, 고생시키는 인도, 화나게 하는 인도…….

이런 인도의 다양한 모습 중에서 저는 한 가지 색깔만 보여주었을 뿐입니다.

글쎄요, 언젠가 다시 인도의 다른 면을 쓰게 될까요? 첫 인도여행기가 처음 여행한 지 십여 년 만에 나왔으니 두번째 인도여행기는 또 십여 년 후에 나오게 될까요?

무슨 필생의 대작을 기다리느라 그런 것이 아닙니다. 그렇게 생각했다면 저는 인도 혹은 다른 나라에 대해서도 글을 쓰지 말았어야 합니다. 모두 부족하고 부끄러운 글이니까요.

다만, 그런 '대작'을 생각했다면 결국 저는 '하나'도 못 쓰고 죽어버릴 것이라는 예감 앞에서, 아는 만큼, 경험한 만큼 겸손하게 쓰는 것이 중요하다는 생각이 들었기에 썼던 것이지요.

그런데…… 인도는, 인도만큼은 자꾸 저에게 쓰지 말라고 하네요. 쓰지도 말고, 찍지도 말고 그냥 빈 마음으로 떠돌라고 하네요.

저도 종종 인도땅은 텅빈 땅으로 남겨놓고 싶은 충동을 느끼곤 합니다.

고독

수염 기른 이방인

첫 인도여행을 마치고 돌아온 후 저는 수염을 기른 채 생활했습니다.

지금이야 수염 기른 사람 보는 것은 너무 흔한 일이지요. 머리카락에 염색을 하는 세상인데, 그런 것은 너무 평범한 모습이 되었지요.

그런데, 1991년 그 시절 장발에 수염 덥수룩한 모습은 그리 흔한 것은 아니었습니다.

저를 도인 취급하면서 존경스런 눈초리로 쳐다보는 순진한 사람들도 있었고, 겉 멋 들린 철없는 사람으로 취급하며 경멸의 눈초리를 던지는 사람도 있었으며, 가끔 부랑자 취급한 사람도 있었지요. 친구들은 껄껄거리고 웃었고 부모님은 매일매일 눈이 마주칠 때마다 '깎아, 깎아' 라고 외쳤습니다.

저는 버텼습니다. 누구는 수염이 아까워서 그러냐고 비아냥거리더군요. 그런 말을 하지 않아도 눈빛만 보고도 상대방이 저를 어떻게 생각하는지 다 알 수 있었지요.

조선시대 같으면 수염 안 기른 사내는 아이 취급을 받았을 것이고, 머리를 자르는 사람은 불효 중의 불효였겠지요. 그렇듯, 행색이란 시대에 따라 변하는 하나의 형식인데, 머리와 수염을 지나가는 하나의 가벼운 형식이 아니라, 너무 진지하게 대하는 사람들 앞에서 저는 당혹스러웠습니다.

물론, 도인인 척 예술가인 척하는 그런 의식을 갖고 있었다면 역겨움을 일으킬 만했겠지요.

하지만 그때의 저는 그런 것과는 거리가 멀었습니다. 저는 남을 의식해 멋있게 꾸민 적도 없었고 그냥 있는 그대로 놓아두었을 뿐입니다. 다만, 그때 저를 아는 사람 중의 많은 이들이 제 눈빛이 한없이 맑았다고 하더군요. 그리고 그때와 비교하면 현재의 제 눈빛이 많이 탁해졌다고 종종 타박을 하구요.

그렇습니다.

인도에서 9개월만에 돌아왔을 때 저는 헐벗었고 아무것도 가진 것 없었지만 맑고 행복했습니다. 인도에서 보낸 시간들이 제 안에 있던 탐욕을 다 씻어내린 것 같았어요. 저는 그런 기분이 좋았고, 그래서 그 기운에 푹 파묻히고 싶어 인도시절의 행색을 그대로 유지하고 싶었던 겁니다. 저는 이방인으로서의 고독과 자유를 흠뻑 누리고자 했지요.

그런데, 이게 뭡니까?

한국에서 몇 개월 정도의 시간을 보내자, 사라졌다고 믿은 저의 욕심, 좋게 말해서 삶의 의욕이 자란 겁니다. 강 건너 일처럼 여겨지던 세상이 조금씩 발밑의 일로 느껴지기 시작한 거지요. 한때의 경험이란 게 그리 오래 가지는 못하더군요.

제 눈빛은 날카로워지기 시작했고, 그럴수록 제 긴 머리와 수염이 안 맞게 느껴졌습니다. 그전에는 그토록 자연스럽게 느껴지던 행색이…… 그래서 몇 개월만에 사정없이 깎았지요. 그리고 새 출발을 하려고 했습니다.

마침, 우연히 어느 여행사의 프로젝트를 맡아 몇 개월간 일을 하게 되었고 저는 목돈을 만지게 되었지요.

돈이 생기자마자 다시 여행을 떠나기로 했습니다. 제 몸 안에 충만했던 그 맑고 생동감 있는 기운이 점점 사라지는 것을 느끼며 저는 다시 저 넓은 세상을 훨훨 날아가고 싶은 강렬한 충동을 느끼게 된 것이지요.

고독한 여행자

중국과 수교가 되기 전인 1991년 10월 어느 날 저는 배낭을 메고 홍콩을 거쳐 중국으로 들어갔습니다. 광저우, 베이징을 통과해 시안, 주취안, 둔황, 유위엔, 투루판, 우루무치를 거쳐, 즉 톈산북로를 따라 카자흐스탄과의 국경 도시인 이닝까지 갔었지요.

겨울은 서서히 다가왔고 톈산산맥에는 하얀 눈이 뒤덮여 있었습니다. 낡은 버스를 타고 허름한 초대소에서 중국인, 위구르 족과 함께 묵으며 저는 늘 고독했습니다.

그 시절 이미 많은 한국인들이 중국에 들어갔지만 대개 기업인이었지요. 그래서 한국배낭여행자들은 전혀 볼 수 없던 시절이었습니다. 물론, 서양과 일본여행자들은 종종 볼 수 있었지만 겨울 실크로드에는 여행자들이 별로 없었습니다.

이닝에서 눈 덮인 톈산산맥을 넘고, 한번 들어가면 빠져나올 수 없다는 뜻의 타클라마칸사막을 횡단하기 위해 털털거리는 버스를 타고 3박 4일

씩 달릴 때도 늘 외로웠습니다.

그래서 일기를 썼지요. 외롭고 대화할 사람이 없어서 쓰고 또 썼습니다. 그렇게 쓰고, 길을 가며, 침묵 속에서 제 여행과 제 삶에 대해 많은 생각을 했습니다.

실크로드 여행은 젊은 날의 꿈이었기에 톈산산맥을 달리고, 타클라마칸사막을 횡단하며, 또 파미르고원을 넘어 파키스탄으로 넘어갈 때 제 가슴은 터질 것만 같았습니다.

죽어도 좋아.

그 정도로 저는 기쁨에 차 있었어요. 힘들었지만, 편하고 즐거운 여행지에서 얻을 수 없는, 깊은 내면에서 응축되어 솟구치는 짜릿한 환희가 있었습니다.

인도하고도 좀 달랐어요. 인도에서는 슬픈 체념 속에서 여유랄까, 방랑의 아름다움을 보았는데 실크로드의 삭막한 사막과 산맥에서는 낯선 세계를 끝없이 가는 비장미가 있었습니다.

파키스탄에서 터키로 갔을 때, 집 떠난 지 3개월이 되어가고 있었습니다. 그 동안 한국말로 말한 적이 거의 없다보니 우울증이 오더군요. 저는 그것을 여행우울증이라고 부릅니다. 자신의 속 깊은 감정을 표현하고 싶은데 기회가 없다 보니 그만 기분이 푹 가라앉고 마는 병이지요.

사람이 너무 그립더군요. 떠나온 세상도 너무 그리웠구요.

그러다가 한국여자 둘을 만났어요. 학교선생님들이라는 그들에게 잘

안 풀리는 입을 열심히 놀리며 이런저런 얘기를 한참 했는데, 문득 혼자 떠들고 있는 자신을 발견하고 말았습니다.

"아, 이거 혼자 떠들어서 미안합니다. 오랜만에 한국사람 만나서 그럽니다."

"괜찮아요. 얼마 전 유럽에서 한국학생 하나 만났는데 두 시간 동안 버벅거리면서 혼자 떠들더라구요. 일주일 정도 한국사람 못 봐서 그랬다는데, 3개월 동안 말 한마디 못 했으면 오죽했겠어요. 아저씨는 발음은 조금 이상해도 그래도 논리는 있네요. 그 학생은 정말 횡설수설하더라구요."

이게 칭찬일까, 욕일까라는 의문을 가지면서도 저는 염치불구하고 그들에게 제 속을 다 풀어놓았습니다.

다음날 그들과 헤어진 후, 저는 우울증을 말끔히 떨쳐버리고 한동안 활기차게 여행할 수 있었습니다.

언젠가 인사동의 어느 찻집에서 이런 글을 본 기억이 납니다.

"나는, 나는 사람이 싫다…… 그러나…… 사람이 한없이 그립다."

그렇습니다.

사람은 사람에게서 상처받고, 또한 사람에게서 희망을 얻으며…… 그리고 또 상처받고, 또 희망을 얻으며…… 죽을 때까지 이렇겠지요.

그 상처가 무서워 우리는 종종 고슴도치처럼 되어갑니다.

그러나 멀리 떠나보면 압니다.

차라리 그 상처조차 그리운 때가 있다는 걸.

역설적으로 고독과 소외가 주는 선물이었겠지요?

익명으로 낯선 도시를 돌아보던 자유, 눈 덮인 썰렁한 거리를 고독하게 걷다 텅 비고 추운 허름한 방에 앉아 언 손을 불어가며 제 자신의 삶과 여행에 대해 일기를 쓰던 시간…… 모든 관계로부터 벗어나 철저히 홀로였던 그 순간들을 통해 저는 깊은 내적 성찰을 했고, 떠나온 세상의 소중함도 알게 되었습니다.

이런 순간들이 제 여행과 삶의 지평선을 가장 많이 확장시켜주었던 것 같습니다. 만약 이런 고독한 과정이 없었다면 제 여행은 어쩌면 경박한 한때의 치기로 끝났을지도 모릅니다.

글쎄, 치기로 끝났다해도 후회하지는 않았을 겁니다.

젊은 날의 치기란 얼마나 즐겁고 신나는 일입니까?

목적과 의미가 없어도, 아니 그런 것이 없을수록 여행은 더욱 즐거웠을 테니까요.

사실, 너무 진지한 여행, 구도적인 여행은 여행의 순수한 즐거움을 반감시키지요. 하지만, 긴 여행길에서 이런 쓸쓸했던 추억들이 저에게 큰 힘을 준 것 또한 사실입니다.

이상한 일이지요.

즐거운 기억은 쉽게 잊혀져도, 아프고 힘들었던 순간들은 가슴 속에 깊이 새겨져, 오히려 희망찬 불씨로 되살아나고 있으니까요.

제가 고통과 고독에 감사하는 이유가 여기에 있습니다.

세월이 갈수록 새록새록 빛을 발하는 보석과 같기에 그렇습니다.

쓸쓸한 폐허 속에서의 꿈

저는 터키에서 동유럽 쪽으로 계속 올라갔습니다.

1992년 초의 동유럽은 폐허였습니다.

사회주의가 역사의 막을 내린 후에도 그곳 사람들의 표정은 모두 어두 웠고 불가리아나 루마니아 같은 데서는 빵 하나 사기 위해 길거리에 줄을 서 있는 광경이 종종 눈에 띄었습니다.

우울했습니다. 이상사회를 건설하자고 외쳤던 그들의 현장은 너무나 충격적이었습니다. 물론 소련이 몰락했으니 그렇다 하더라도 건물, 옷차 림 등 모든 것이 남루했어요. 그러나 그것보다 더욱 제가 놀랐던 것은 사 람들의 실의에 빠진 표정과 사회주의에 대한 혐오감이었습니다.

그들은 이제 자신들이 제 힘으로 살아가야 한다는 사실 앞에서 너무 힘 들어했습니다. 그것은 낙후한 불가리아나 루마니아뿐만 아니라 헝가리, 체코, 폴란드 모두 그랬습니다.

그 동유럽을 여행하며 저는 이데올로기와 이상 그리고 현실에 대해 늘 생각했습니다.

문제의 본질은 사회주의와 자본주의의 대립이 아니라, 이상과 현실의 대립이라고 보았지요.

이상이 무너진 그 폐허를 쓸쓸하게 거닐었습니다. 과연 어떤 이상을 이 땅 위에 건설한다는 것은 허망한 꿈일까요?

인류 역사를 돌이켜볼 때 이상은 한때 휘황찬란한 빛이었지만 늘 시간 속에서 부패하고 결국 현실이 세상을 지배하더군요. 종교든 이데올로기든.

제가 거창한 역사학자라거나 이상주의자라서가 아니라, 아무리 생각해도 배낭 메고 여행하는 사람이 현실주의자는 아닌 것 같아서 공연히 패배감에 젖고 있었습니다.

저는 그 거리에서 일 년 전의 일을 생각했습니다.

제가 인도여행에서 돌아온 후, 동네를 거닐다 KFC 앞을 지날 때였어요. 그때, 안에서는 학생들이 맛있게 닭다리를 뜯더군요. 저 또한 먹고 싶었는데 호주머니에 돈이 없는 겁니다. 물론, 통장에서 뽑으면 그거 사먹을 돈은 있었겠지만 인도에서 하루에 1, 2천원으로 식비를 해결하던 저로서는 너무 크게 느껴져서 망설였습니다.

그것을 계기로 저는 여행의 기분에서 깨어나, 제 앞날을 현실적으로 계산해보았습니다.

아…… 그 순간 갑자기 제 앞날이 한심하고 초라하게 보이는 겁니다. 그냥 배고프게 여행해도 유유자적할 수 있을 것 같았던 그 마음이 그만 현실적인 '계산'에 의해 그늘이 지기 시작한 거지요.

물론, 삶의 의미, 기쁨을 추구하는 저의 열정 앞에서 현실의 그늘은 곧 사라졌지만, 그때 문득 느낀 것은 현실이란 게 만만한 게 아니로구나 하는 것이었습니다.

그런데 이제 다시 현실 앞에 무너진 이상의 폐허를 거닐자니 그때의 일이 오버랩되며 우울했던 겁니다.

이들은 비록 가난했지만 그래도 자유를 찾았다는 말은 하더군요. 그러나 자본주의 사회에서 온 제 눈에 비친 동유럽에서 자유는 더 멀고 멀게 보였습니다.

자본주의 사회에서 돈이 없으면 무슨 자유가 있습니까?

평등도 실현하지 못하고 자유도 요원했으며 빵도 보장하지 못하는 그 현장. 이상도 무너지고 현실도 무너진 그 폐허에서 사람들에게 놀랍도록 퍼지는 우울한 열정은 무엇인지 아세요?

바로, 섹스였습니다.

길거리에 보이는 섹스 잡지들, 체코 프라하의 바츨라프 광장에서 당당하게 손님을 잡던 거리의 여인들, 그리고 매스컴을 통해 들리는 급증하는 창녀들 소식…….

그때, 이런 생각이 들더군요.

저들이 저런 것은 삶의 희망을 잃었기 때문이라구요. 삶이 너무 고달프거나, 그것을 넘어서도 결국 뻔한 앞날이 보여 절망할 때, 삶은 허망하고 의미를 상실합니다. 그렇게 고민하다 자포자기할 때, 현실의 쾌락에 의지하고 싶은 본능이 솟구치지 않겠어요?

저는 동유럽의 그 현장에서 문득, 저 역시 자칫하면 그런 길로 접어들지도 모른다는 불길한 예감을 가졌습니다. 젊은 시절의 이상과 열정이 사그라지고 문득 현실에서 자신의 초라한 모습을 발견하는 순간, 자포자기할지도 모른다는 예감 말입니다.

정신이 번쩍 들더군요. 그 현장에서 바라본 현실은 남의 얘기가 아니었습니다.

우울했지만 그래도 젊었던 30대 중반의 저는, 소박한 꿈, 이상을 포기할 수 없다는 각오를 다시 다졌습니다.

어차피 삶이 이렇게 처절한 현실이라면, 역설적으로 이상과 꿈이라도 있어야겠다는 생각을 했지요. 비록 그것이 실현되지 않더라도……. 그들이 초라한 것은 못 살아서가 아니라 꿈을 잃었기 때문이라고 생각하며.

저는 그 몰락한 폐허에서 제 꿈을 반추했고, 지금 이 글을 쓰고 있는 순간에는 체 게바라가 했던 말을 떠올립니다.

우리 모두 리얼리스트가 되자.

그러나 가슴속에 불가능한 꿈을 지니자.

인간은 꿈의 세계에서 내려온다.

그렇습니다. 꿈과 믿음, 그리고 그것을 실현하려는 진지한 노력…… 도
대체 그것 이외에 우리 삶에 가치 있는 게 뭐가 있을까라는 생각이 들더
군요.

어차피 이슬처럼 사라지는 인생에서 결과는 덧없는 것이고, 결국 과정
에서 느끼는 환희와 기쁨이야말로 진정 가치 있는 것인지도 모르며, 그
환희와 기쁨은 꼭 땀과 눈물과 고뇌를 수반할 것이라는 생각을 가슴속에
꾹꾹 눌러 담았습니다.

초라한 여행자들

동유럽의 폴란드에서 독일로 들어가니 왠지 모르게 사람들이 차갑다는 느낌이 들었습니다. 동유럽 여행하다 잠시 들렀던 오스트리아의 비엔나에서도 그랬었지요.

동양사람이기에 그런지도 모른다는 생각도 들었지만 제 옷차림 때문일지도 모른다고 생각하며 신경쓰지 않기로 했습니다.

그후 서유럽을 한 달 정도 돌았는데 조금 싱겁게 느껴졌어요. 중국에서 거대한 자금성이나, 진시황의 지하궁전, 만리장성 같은 것을 보고, 인도에서 거대하고 현란한 힌두교 사원을 수없이 보았으며, 터키에서 온갖 종류의 유적지를 보았고, 프라하에서 이미 아름다운 중세풍의 도시를 본 저로서는 서유럽의 아기자기한 교회와 건물들이 그다지 인상적이지는 않았습니다.

유럽을 폄하하고 싶은 생각은 추호도 없습니다. 그 당시 심정이 그랬다는 것이지요.

다만, 땅이 끝나고 바다가 시작된다는 포르투갈의 로카곶에서 감격했고, 예술의 도시 파리와 이탈리아의 피렌체, 로마에서 아름답고 웅장한 유적지에 감탄한 기억은 납니다.

사실, 제가 좀더 많은 준비를 하고 시간을 많이 투자했다면 유럽의 깊은 문화와 예술의 향기를 맛보았을 겁니다. 실제로 후일, 영국과 파리에서 천천히 여행하며 저는 그 맛을 보았으니까요.

하지만 그 시절, 긴 여행길에서 잠시 들렀던 유럽에 저는 시간과 돈을 많이 투자할 수 없었어요. 유레일패스로 한 달 동안 서유럽 7개국 정도 돌았으니 뭘 깊이 있게 음미했겠습니까? 첫 유럽여행은 그저 수박 겉핥기였지요.

그리고 서유럽은 그 동안 제가 다녔던 나라와 달리 시스템이 너무 잘 갖춰져 있고 편해서, 오히려 맥이 빠졌습니다.

대신, 만났던 사람들이 제 추억 속에 많이 남아 있습니다. 재미있는 사람, 황당한 사람들도 많지만 저는 초라한 여행자들 얘기를 하고 싶군요.

서유럽으로 들어가니 한국학생들을 종종 볼 수 있었는데 약 5개월 정도 기른 콧수염에 초췌한 행색의 저를 부랑자 취급하는 한국학생들의 표정 앞에서 쓴웃음이 나왔지요. 그후부터는 제가 피했습니다.

그러다 보니 저는 오히려 저처럼 허름한 옷차림으로 혼자서 오랫동안 돌아다니는 외국여행자들과 친해졌어요.

주로 일본여행자였습니다. 그중의 한 명은 일본 중년사내였습니다. 처음에 파리의 유스호스텔에서 만났는데 얼굴도 시커멓고 행색이 초라해서 저와 통하는 게 있었는데, 아프리카를 여행한 후 유럽으로 온 그는 불만이 많았습니다.

"나를 도둑놈 취급합니다. 특히 독일에서 많이 당했어요. 스킨 헤드들에게 쫓기기도 했구요. 그래도 여기 프랑스 파리는 국제적인 도시 같아요. 저를 그렇게까지는 보지 않는 것 같습니다."

그를 다시 본 것은 한 2주일 후쯤 로마의 콜로세움이었는데 이 친구 차림이…… 머리에는 고동색 벙거지 모자를 쓰고 꾀죄죄한 밀가루포대를 어깨에 메고 다녔습니다. 빨간 옷에 수염이라도 달렸으면 산타클로스 같건만, 이건 제가 봐도 완전히 도둑놈 차림이었습니다.

"이탈리아에는 도둑놈이 많아서, 도둑놈 피하려고…….

그의 해명이었습니다. 도둑놈은 도둑놈처럼 생긴 사람을 안 터는 것일까요? 어쨌든 재미있는 친구였습니다.

서유럽 여행을 마치고 다시 헝가리로 돌아와 좀 쉬다가 저는 불가리아를 거쳐 그리스로 갔는데, 그곳 아테네의 게스트하우스에서 만난 일본인 친구도 생각나는군요.

그는 좀 어딘가 모자라는 사내였어요. 영어를 하긴 하는데 발음이 서툴고 말을 심하게 더듬어서 알아듣기가 힘들었어요. 그런데 사정을 듣고 보니 참 딱했습니다. 그는 크레타 섬에서 같은 방에 묵던 서양여행자가 타준 커피를 마신 후 3일만에 깨어났답니다. 물론 모든 것을 털린 후였지요.

이 친구 간신히 이것저것 팔아서 배표를 구입해서 아테네로 올 수 있었답니다. 배 안에서 배가 고파, 신고 있던 그리 낡지 않은 나이키 신발을 팔려고 했지만 너무 힘들었답니다. 작아서요. 그 배에 탄 사람들이 모두 발 큰 서양사람들이니…….

저는 그 이야기를 들으며 한참을 웃었지만, 웃고 나니 미안한데요. 얼마나 심각했겠습니까? 결국 헐값에 신발을 팔아서 한두 끼를 먹을 수 있었답니다.

아테네의 일본대사관에서 돈을 꾸었지만 넉넉치 않아 제가 빵을 사준 적이 있습니다.

또 한 일본인이 생각나는군요.

예루살렘의 게스트하우스에서 40대 중반의 일본사내를 만났지요. 그는 문구류 회사가 망하는 바람에 모든 걸 정리하고 여행 중이라고 했습니다.

그와 나는 같은 동양사람이라고 식당에서 수프나 밥을 하면 서로 나눠 먹었습니다.

그는 태평한 사람이었어요. 어느 날, 밖에 나갔다 오니 난리가 났어요. 팔레스타인 청년이 들어와 같은 방에 있던 영국사내의 팔을 칼로 찌르고 도망간 사건이 일어났습니다. 죽이려고 한 것이 아니라, 상징적으로 공격을 한 것이지요.

텅 빈 방에서 사내가 찔리는 동안, 일본 중년사내는 옆 침대에서 쿨쿨 자고 있었답니다. 한바탕 소란이 진정된 후 일어난 그는 우리가 아무리 사태설명을 해줘도 믿지 않더군요. 그의 태평함이란……

그는 레바논으로 가기 위해 비자를 얻으러 갔다가 경비원에게 맞은 적도 있어요. 이유는 모른답니다. 자기가 대사관 정문을 향해 걸어가니까 다짜고짜 경비원이 주먹질을 하더래요. 코피 줄줄 흐르는 코를 신문지로 틀어막고 끝까지 싸워 대사관에 들어갔답니다.

세상에 비자를 내러 온 사람에게 왜 주먹질을 했을까요? 초라했기 때문입니다. 머리도 빡빡 깎고 낡은 검은색 옷을 입었으니 마치 죄수처럼 보였나 보지요? 제가 봐도 좀 그랬으니까요.

인생의 내리막길에 회사가 망해 초라하게 세상을 떠돌던 그 사내가 너무 안쓰러웠습니다.

그와 헤어질 때 저는 제가 걸고 다니던 싼 목걸이를 그에게 주었는데 그를 다시 만난 것은 한 달 후쯤 이집트의 카이로 박물관에서였어요. 정말 반가웠습니다. 모두 외롭고 초라했기에 만나면 형제를 만난 것처럼 기뻤습니다. 우리는 모두 이 세상에서 밀려난 혹은 벗어난 방랑자들이었으니까요.

그중에는 지금도 존경스러운 영국여행자가 있습니다. 예루살렘의 또 다른 게스트하우스에서 만난 그는 삭발을 한 스님이었어요. 태국에서 계를 받고 수행하다 세상을 떠돌고 있다는데 그는 매일같이 열댓 명이 먹어도 남을 카레와 밥을 했습니다. 그 게스트하우스에 묵던 사람들이 모두 무료로 그것을 먹었지요.

그런데 어느 날 예루살렘 성벽을 걸어가던 중이었어요. 웬 사내가 성벽 밑에서 정좌를 한 채 눈을 감고 명상을 하고 있었습니다.

아…… 그는 바로 매일같이 카레와 밥을 짓던 영국승려였습니다. 저는 숨을 죽인 채 우두커니 서서 그를 바라보았지요. 그의 모습이 너무도 성스러워 카메라를 꺼낼 의욕도 없었습니다.

유대교도, 이슬람교도, 기독교도의 성지 한복판에서, 가부좌를 하고 있던 그 사내…… 그의 앞에는 동냥 그릇 하나가 놓여져 있었지만 그는 동냥을 한다기보다 수행을 하고 있던 겁니다. 카레와 밥을 만든 돈은 바로 거기서 나온 것이지요.

그야말로 무소유를 실천하는 사내였습니다. 며칠 후, 예루살렘을 떠나 다른 도시로 갈 때 그가 가진 것이라곤 달랑 버스표 한 장이었습니다.

지금도 그를 생각하면 가슴이 더워집니다. 여행하다 보면 이렇게 멋진 사람들도 많이 만나게 되지요. 유적지에서 본 풍경들은 쉽게 잊혀지지만 이런 사람과의 만남은 세월이 가도 제 가슴속에 깊게 새겨져 있습니다.

너는 자유로운가?

서유럽에서 그리스, 이스라엘, 이집트까지 온 제 여행은 수단국경에서 멈췄습니다. 아프리카를 종단해 중남미로 가고 싶었지만 집안사정 때문에 돌아올 수밖에 없었지요.

그 여행을 마무리짓기 위해 다시 아테네로 돌아오다 크레타 섬에 들렀습니다.

크레타 섬…… 지금도 그 섬을 생각하면 가슴이 울렁거립니다. 영화 〈그리스인 조르바〉의 음악들이 넘쳐 흐르던 거리의 흥겨운 카페, 한적하고 자유로운 남쪽의 해변가, 그리고 오랜 역사와 신화를 간직한 크노소스 궁전…… 그 느긋한 분위기 속에서 저는 오랜만에 휴식을 취할 수 있었습니다.

그 크레타 섬에서 가장 인상적이었던 곳은 『그리스인 조르바』의 작가 니코스 카잔차키스의 묘지였습니다.

시내에서 얼마 안 떨어진 양지 바른 언덕에 오르니 그의 묘가 있었습니다. 두근거리는 가슴을 지그시 누르며 터벅터벅 그의 묘 앞으로 걸어갔습니다. 드디어, 그의 묘비 앞에 서니 그 동안 제가 사진을 통해 보았던 그리스어 글자가 있었습니다. 그리스어는 몰랐지만 뜻은 이미 알고 있었지요.

나는 아무것도 두려워하지 않는다.
나는 아무것도 원하지 않는다.
나는 자유.

그 말…… 직장에 다닐 때 저는 그 말을 보며 얼마나 감격했단 말입니까? 저는 그처럼 살고 싶었습니다. 그의 흉내라도 내고 싶었습니다.

그런데, 묘비 앞에 서는 순간 한편으론 감격하면서도 한편으론 착잡해지고 있었어요.

근처에는 아무도 없었습니다. 우두커니 묘비 앞에 서 있다가 하염없이 파란 에게 해를 쳐다보았지요. 깊은 정적이 묘지 주변을 흐르고 있었습니다.

벤치에 누워 이집트에서 샀던 '클레오파트라' 담배를 하나 꺼내 물었습니다. 하얀 연기 속에서 파란 하늘이 어릿어릿거리더군요. 담배를 즐겨 피지는 않았지만 착잡할 때면 가끔 담배를 피웠습니다. 그때, 그 순간 저는 담배를 피울 수밖에 없었어요.

너는 자유로운가? 너는 아무것도 두렵지 않은가? 그렇게 살아왔는가?

그렇게 저 자신에게 묻고 또 물었습니다.

제 인생에 그런 시절이 있기는 있었지요. 직장을 그만두고 처음 배낭여행을 떠난 후 약 삼 년 정도는 아무것도 두렵지 않았습니다. 여행할 때도, 그리고 잠깐 한국에 들어와 이것저것 할 때도 미래가 두렵지 않았습니다.

그러나 조금씩 세상이 만만치 않다는 것을 알기 시작했지요. 그렇다고 제길을 후회한 것도 아니었고 다시 조직 속으로 돌아가고 싶지도 않았습니다. 이 이탈을 좀더 일찍 시작하지 못한 것이 오히려 한이 될 정도였지요.

다만, 제가 가장 두려워한 것은 궤도를 이탈한 자로서, 당당하고 자유롭게 살아갈 자신의 세계관과 가치관이 쉽게 찾아지지 않는다는 데 있었습니다.

몇 년 동안 유지되었던 여행의 흥분이 서서히 가라앉던 그 무렵, 작열하는 태양 밑에 우뚝 서 있던 니코스 카잔차키스의 묘비가 한없이 높아 보였습니다.

저는 처음 길을 떠날 때 언젠가 이곳에 오면 감격에 겨워 희열에 찰 줄 알았어요.

그런데 이게 뭡니까? 이제 사 년 정도밖에 안 되었는데 이렇게 주눅들어 있으니…… 제 자신이 너무도 초라하게 느껴지고 있었습니다.

해가 서서히 지고 저녁 어스름이 깔려 돌아갈 시간이 되었지만 떠날 수가 없었어요. 저는 인적 없는 묘지 주변을 빙글빙글 돌았습니다.

얼마나 돌았을까요?

문득 제 가슴속에서 이런 말이 울려 퍼지더군요.

그래, 나는 두렵다. 나는 무섭다. 나는 전혀 자유롭지 않다…… 그러나 자유롭고 싶다. 진정으로 내 일생을 바쳐 자유롭고 싶다. 그런데…… 자유, 진정한 자유란 무엇일까?

어떤 답도 생각이 나지 않았어요. 그런데, 묘한 일입니다. 진정한 자유에 대한 어떤 개념도 잡히지 않았고, 그 길에 대한 전망도 불투명했으면서도, 그 단어를 떠올리는 순간 뿌듯한 회열이 느껴지고 있었으니…… 다시 출발하고 싶었습니다. 백지처럼 저 자신을 지워버리고.

그렇게 마음먹고 나니, 그곳을 떠나는 저의 발걸음이 마치 미지의 세계를 향해 처음 떠나던 때처럼 힘차게 느껴졌습니다.

회의

몸부림

너는 도대체 뭐가 될래?

아버지는 실크로드 여행길에서 8개월 반만에 돌아온 저에게 한숨을 쉬며 이렇게 물었습니다.

뭐가 될래?…….

저도 몰랐습니다.

무작정 새로운 여행, 새로운 인생관, 새로운 출발을 위해 몸부림치자고 각오를 했지만, 현실 속에 툭 떨어지니 막막했습니다. 우선 뭔가를 해야 했지만 그 뭔가가 막막한 겁니다.

형이상학적인 것에 앞서서 형이하학적인 문제가 우선 닥쳐오더군요.

때를 놓친 것 같은 느낌이 들고 말았습니다.

90년대 초부터 한국에는 배낭여행열풍이 불기 시작했지요. 저처럼 직장을 그만두고 간 사람들보다는 대학생들이 중심이 되었습니다.

젊은 패기로 학생들은 세상으로 뻗어 나갔습니다. 특히 유럽이 인기더군요. 유럽 몇 개월만 갔다와도 스포츠신문 같은 데 글을 쓸 수 있었고, 또 유럽배낭여행에 관한 책이 베스트셀러가 되는 그런 들뜬 분위기였어요. 또한, 배낭여행사를 차리는 사람들도 생겨났습니다. 그야말로 해외배낭 여행산업이 크게 꽃피우는 시절이었습니다.

그럴 때, 저는 홀로 여행만 계속 다녔지요. 글이나 비즈니스에 대한 욕망도 없었고 국내에 별로 없었으니 시간도 없었습니다.

늘 여행만 하다 보니, 회사에서 번 얼마 안 되는 돈 다 까먹고, 나중에는 친구에게 돈을 꾸기도 했었지요. 대학동창으로 직장을 열심히 다니던 친구였는데, 큰 돈은 아니었지만 그래도 선뜻 빌려주더군요. 물론, 나중에 갔다와서 갚기는 했지만, 일하고 있는 친구에게 '놀러 간다'고 돈을 꾼 사실이 부끄러웠어요. 그만큼 그 친구가 정말 고마웠구요. 이런 형편에 늘 떠날 궁리만 하던 저를 보며 부모님은 얼마나 답답했을까요.

나중에 밝히겠지만, 인도여행 전에 아버지는 중풍으로 두번째 쓰러져 반신불수가 되어 있던 지경이었습니다. 그런데도 30대 중반이 넘어가던 저는 제 인생에 대한 아무 대책도 계획도 없이 그냥 자유롭게 살고 싶다며 돌아다닐 궁리만 했으니…….

한편으론 자유롭고 환희에 찬 여행이 있었지만, 또 한편으론 이런 한심함과 그늘이 제게는 있었어요.

사 년 정도 그런 떠돌이 생활을 했으면 이제 돌아와 정착하겠지 하는 부모님의 바람 앞에서도, 저는 여전히 정착하고 싶은 생각은 없었습니다.

그렇다고 세계일주라는 목표도 없었고, 몇 년 여행한 후, '돌아옴'을 선포할 만큼 여행은 제 인생 계획 안의 어떤 '사건'이 아니었지요.

저는 아무 계획도 없이 그냥, 그렇게, 여행을 제 삶으로 만들어가고 싶었을 뿐이니, 엄밀히 말하면 여행보다 방랑을 원했던 것인지도 모릅니다.

그러나 그 모든 것을 가능하게 해주는 것은 우선 돈이었으니, 저는 돈을 벌어야 했습니다.

뜻이 있는 곳에 길이 있다고, 1992년 중반부터 뭔가를 하려고 마음먹고 나니 다행스럽게도 우연히 일거리가 생기기 시작했습니다.

여행사에서 해외여행 인솔자로 아르바이트도 했고, 아는 사람의 소개로 어느 일간지에서 제 실크로드 여행이 세상에 소개되면서 TV 출연요청도 있었습니다. 그러자 스포츠신문에 제 중국여행기를 연재할 기회도 얻었으며, 각종 잡지, 사보의 원고청탁이 이어졌지요. 지금이야 별것 아니지만 중국과 수교도 하기 전인 그 시절, 중국에서 시작해 실크로드를 따라 유럽끝까지 갔다왔다는 것은 화젯거리가 되었습니다.

그 동안 묵혀 두기만 했지, 한번도 풀어놓지 않은 여행 애기라 저에게는 글 쓸거리가 무궁무진했습니다.

신바람이 났습니다. 집안에서도 좋아했지요. 대책 없이 살아가던 자식이 '신문과 방송에 나온다'고 뿌듯해 하셨습니다.

잠시, 행복했습니다. 이대로만 가면 다시 여행 떠날 여비가 두둑하게 생기겠구나 하는 꿈을 키워갔습니다.

글과 여행에 대한 회의

글이란 게 묘합니다.

제 글이 활자화되어 나오니 주변사람들이 저를 다르게 보기 시작했습니다. 또 한두 번 TV에 나갔더니 저를 대단하게 보는 사람도 있었어요. 매스컴의 힘이 대단했습니다.

그런 과정을 통해 저는 이미지의 힘이랄까, 왜곡에 대해 많은 것을 느꼈습니다.

여성잡지 같은 데 부드럽고 서정적인 글을 쓰면 저를 부드러운 사람으로 알았고, 스포츠신문 같은 데 재미있고 경박한 얘기를 쓰면 실없는 인간으로 알았으며, 품위 있는 신문이나 잡지에 약간의 지식을 풀어쓰면 저를 학식이 많은 사람으로 알았습니다. 또한 같은 글을 보고도 사람들은 자기 입장에서 저를 다르게 평가했지요.

모두 제가 아니었습니다. 저는 다만 매체의 종류에 맞췄을 뿐인데 부분을 보고 전체를 판단하는 사람들을 보며, 문득 매스컴에 의해 세상에 알려진 모든 사건 혹은 사람들의 이미지는 과연 '진짜' 일까라는 의문이 들더군요. 저를 왜곡, 과대평가 하는 사람들처럼, 저 역시 '있는 그대로' 를 본 게 아니라, 부분적인 '이미지' 를 보아왔던 것은 아닐까라는 생각이 든 것이지요.

그런데 그런 현상들 앞에서 이게 아닌데, 아닌데 하면서도 인간이 한심한 게, 백수생활을 하다가 남들이 알아주니 싫지 않았다는 겁니다.

제가 스스로 붙인 호칭은 아니지만 매스컴에서 '여행전문가' 라 불러주고, 배낭여행 분야에서 선배대접 받고, 여행하고 싶어하는 이들이 저를 '자유인' 이니 하면서 부러워할 때는 쑥스러워 하면서도 그냥 받아들였지요. 그때는 그런 생각조차 없었지만 지금 생각하니 한동안 은근히 그것을 즐긴 것 같습니다.

그때 어디선가 '제 정신' 을 가진 사람이 저를 바라보고 있었다면……. 지금도 얼굴이 화끈거립니다.

그런데 실상은 시간이 흐르면서 조금씩 속이 허전해지고 있었습니다.

그런 저를 보고 누가 충고를 하더군요.

좀더 적극적으로 자신을 홍보하고 당당하게 나서라고. 어차피 글쓰는 자체가 남들에게 알리려는 것이고, 결국 자본주의시장에서 자신을 상품화시키는 것인데, 어정쩡하게 이중적인 태도를 보일 필요가 없다는 겁니다.

좀 고민이 되었습니다. 사실 그 사람 말도 맞는 것이, 제가 문학을 하는 사람입니까, 미술을 하는 사람입니까? 제가 작가, 화가라면 이런 상품화에 대해 진지한 고민을 할 만하지요.

그러나, 저는 여행하는 사람이었습니다.

세상사람들은 저에게 언제나 몇 나라나 여행했는가, 무엇을 보았는가 식의 질문과 재미있는 얘기를 원했지요. 저의 내면적인 고민, 슬픔, 극복, 환희…… 그런 이야기를 듣고 싶어하는 사람들은 많지 않았습니다.

세상이 원하는 대로 살아줄 것인가, 내가 진짜 하고 싶은 것을 하면서 살 것인가.

비록 예술가는 아니었지만, 저는 한 인간으로서 진지하게 그런 고민을 하게 되었습니다.

제가 여행을 떠났던 것은 제 삶을 살고 싶어서였지, 연예인이 되기 위해서가 아니었습니다.

연예인이 나쁘다는 뜻이 결코 아닙니다. 남들의 희로애락을 대신 표현해주고, 대중들에게 희망을 주며, 카타르시스도 시켜주면서 대중과 함께 울고 웃는 것이 그들의 소중한 역할이니까요.

그러나, 저는 그 분야의 사람이 아니었습니다. 사람들 또한 저에게 그런 역할을 원한 것은 아닐 겁니다. 사람들은 '제 얘기'를 듣고 싶어했고, 또 모든 얘기가 '제 얘기'라고 생각하고 있었습니다.

그러나 차차 제 얘기는, 제 얘기가 아닌 것으로 되어가고 있었습니다. 물론, 그 어떤 얘기도 만들어낸 것이 아닌 사실이었지만, 매너리즘에 빠져 열정과 의욕 없이 앵무새처럼 반복하는 글과 말은 '진정한 제 것'이 아니란 생각이 들었어요.

저는 활동을 서서히 끊어갔습니다. 그리고 정말 제 얘기를 하기 위해 책을 쓰기로 했습니다. 물론, 대박이 터지면 일석이조라는 야심도 갖고. (제가 뭘 몰랐지요.)

우선 실크로드 여행의 일부인 중국 서역지방과 파키스탄에 관한 여행기를 썼어요. 묵혀 있던 얘기고 열정이 넘쳐흐르니 단번에 썼지요.

그걸 누구의 소개로 출판사에 맡긴 후, 여행을 떠나려는데 마침 제가 잘 아는, 사진과 비디오에 관심이 많은 여행사 사장님이 한 달 동안 태국과 미얀마의 상좌부 불교(소승불교) 취재를 도와달라는 부탁이 왔지요. 물론 돈은 다 댄다고 했습니다.

마다할 리 없었지요. 원고도 마쳤겠다, 신문연재도 끝났겠다, 훌훌 털고 여행을 떠났습니다. 저는 그 사장님보다 한 달 먼저 떠나 개인적으로 베트남과 태국여행을 자유롭게 했습니다.

그런데, 여행이 예전 같지 않았어요. 물론, 베트남은 처음 가보는 곳이라 재미있었지만 태국에 오면서부터 마음이 흔들리기 시작했습니다.

방콕의 카오산 로드의 카페에 앉아 있어도 처음 왔을 때처럼 가슴이 두근거리지 않는 겁니다.

하긴, 두번째 들렀을 때인 1990년도에도 이미 많은 게 변해 있었지만, 그래도 갑작스레 많아진 수많은 한국여행자들과 어울리는 재미가 있어

좋았습니다.

그런데 그로부터 3년이 지난 후 다시 와 보니, 왠지 모르게 싫증이 났어요. 길거리에 노점상들이 꽉 들어차서 길이 비좁아지고, 현지 식당이나 게스트하우스 주인 그리고 여행사에서 사람들을 대하는 직원들의 태도가 어딘지 무표정하고 각박해진 느낌이 들었어요. 그리고 어떤 곳에서는 '까올리(한국인)'란 말을 듣고 상을 찡그리며 갑자기 불친절한 표정을 짓는 사람들도 있었지요. 예전에, 그렇게 반가워했었는데……. 아마, 한국사람들이 많이 오다 보니 불미스런 경험을 겪었기 때문인지도 모릅니다.

현지인을 욕하고 싶은 마음은 별로 없습니다. 그렇게 많은 외국인들을 대하면서 그래도 그 정도로 온순한 마음을 갖고 있다는 것은 대단한 일이니까요.

그러나 자꾸 예전과 비교하던 저는 우울해질 수밖에 없었습니다. 여전히 방콕, 카오샨 로드에 처음 오는 한국여행자들은 들떠 있었으니, 그 거리 자체보다 제가 문제였을 겁니다. 어느새 오래된 여행자가 되어버린 제 마음속에서 세상에 대한 신선한 호기심이 점점 사라진 것이지요.

제가 만약 2, 3년 정도 여행을 한 후, 조직에 돌아가 땀을 흘리며 살다가, 다시 이 거리로 왔다면 큰 해방감을 느꼈을 겁니다. 그러나 계속 떠나고 돌아오는 생활 속에 있던 저는 서서히 '피로감'이랄까, '슬럼프'에 빠지고 있던 게 틀림없습니다.

그때, 첫 동남아여행 중 태국의 핫야이에서 만났던 독일인을 떠올렸습니다. 어느 게스트하우스에서 같은 방에 묵던 독일인은 저에게 위스키를 계속 권하며 한숨을 내쉬었습니다.

"난, 10년째 이렇게 떠돌고 있어. 물론, 독일에 들어가 돈을 벌지만 정착하고 싶지는 않아……. 그런데, 왜 이렇게 마음이 허전한지 모르겠어. 삶은 여전히 힘들어. 또 아무리 자유롭게 돌아다녀도 마음속은 허전하기 그지없어. 왜 그럴까?"

독신이라던 30대 중반의 그는 길고 긴 여행길에서 자유에 지친 사람처럼 보였어요.

저도 그런 생활이 5년 정도 되어 가던 무렵이었으니 그만큼은 아니었지만 약간씩 그 심정이 이해가 되고 있었습니다.

자, 이렇게 내가 변했는데 언제까지 예전의 기분을 갖고 살려는가? 앞으로 나는 또 어떤 길을 갈 것인가?

고민이 되었습니다.

방콕의 카오산 로드의 배낭족 숙소에 한동안 묵는 동안, 어느 날 새벽, 옆방에 있던 서양친구가 술에 취해 노래를 부르더군요.

"아이 워너 고홈(집으로 가고 싶어), 아이 워너 고홈……."

듣기 싫었지만 그냥 참았습니다. 거의 울어가며 부르는 그 노래를 들으며 한숨이 나왔어요.

저 친구는 또 무슨 사연이 있길래.

그렇습니다. 그제서야 저는 배낭을 메고 다니는 이들이 다 기쁨과 희망으로 들뜬 게 아니란 것을 깨달았습니다.

억눌리던 직장생활을 집어던지고 자유를 찾아 떠난 여행자도 있었고, 방학을 이용해 넓은 세계를 찾아 떠나던 희망찬 학생들도 많았지만, 자기가 살던 세상에서 밀려나 물가 싼 곳을 찾아다니며 회한 속에서 배회하던 사람들도 많았던 것입니다.

그후 레스토랑에 앉아서 많은 사람들을 관찰해보니, 즐거운 여행자도 많았지만, 침묵 속에서 비디오를 멍청히 바라보거나, 시름에 젖은 채 그늘진 얼굴로 앉아 있는 사람들도 종종 보이더군요.

그들을 보며 답답해졌습니다. 여행도 시들해졌고, 글쓰며 활동하는 것도 싫어졌지만, 그래도 뭔가를 계속해야 한다는 현실은 분명히 알고 있었으니 답답할 수밖에 없었지요.

곰곰이 생각하니 딱 하나의 희망이 있었습니다. 책이 나오는 거였지요. 제가 진짜 하고 싶은 말을 할 수 있다는 그 희망, 그리고 어쩌면 대박이 터질지도 모른다는 예감…….

그러나 여행을 마치고 돌아오니 모든 게 실망스러웠어요. 다행히 어느 출판사에서 OK는 했는데 출판사 사정상 출간이 계속 지연되었습니다. 그리고 책 원고가 많다고 해서 원고를 대폭 줄였습니다.

처음에 2500매를 썼으니 너무 많았습니다. 처음 쓰다 보니 시시콜콜한 것도 다 중요한 것처럼 생각되어 그렇게 된 것이지요. 원고를 반으로 줄이면서 많은 것을 또 배웠습니다.

결국 글쓰는 것 다르고, 책 내는 것 달랐어요.

글이 나무를 대패질하는 것이라면 책은 집을 짓는 것이었지요.

저는 원고만 넘기면 '뚝딱' 책이 나오는 줄 알았는데 그게 아니었습니다. 집을 짓는 데는 설계도도 필요했고, 필요 없는 목재는 버렸으며, 그걸 만드는 데 들어가는 돈도 계산해야 했습니다. 또한, 그것을 살 사람들의 취향도 생각해야 했지요.

물론, 제가 이런 것을 다 신경 쓰며 글을 쓴 것은 아니고 출판하는 과정을 옆에서 지켜 보며 알게 된 것입니다.

결국, 제가 협조할 수 있는 부분은, 얘기를 많이 잘라내고 글을 다듬는 것이었습니다. 글 쓰는 게 힘든 게 아니라, 이런 한정된 조건 속에서 초점 잡기, 거리 잡기가 어려웠습니다.

결국, 책을 써도 할 말은 다 못한다는 생각이 들더군요.

지금 생각하면 참 초보였습니다.

자기 속 다 말하며 사는 사람 없고, 그렇게 말해도 다 이해 받지 못하며, 또 누구나 약간은 답답하고 억울한 심정을 갖고 사는 게 인생인데, 저만 모든 것을 다 얘기하고 싶어했고, 모든 사람으로부터 다 이해 받길 원했으니, 참 욕심 많고 어리석은 사람이었습니다.

또한, 자신한테는 아무리 중요해도 남들과 공감대를 이루지 못하는 글과 생각은 책으로 만들 필요가 없다는 것을 왜 몰랐는지…… 그냥 개인적으로 노트에 적어 친한 친구끼리 나눠 보면 될 내용을 굳이 책으로 낼 필요는 없던 것이었지요.

　이렇듯, 지금 생각하면 기초 중의 기초를 저는 힘들고 어렵게 부딪치며 배워갔습니다.

　현실에 짜증이 나기 시작했어요. 다시 떠나고 싶었는데, 마침 놀랍게도 예전에 다니던 직장의 증권이 조금 남아 있는 것을 알게 된 겁니다. 그런 쪽에 관심 없던 제가 까맣게 잊고 있던 건데 우연히 알게 되었어요.

　큰 돈은 아니었지만, 횡재한 기분이었습니다.

　이번에는 중남미로 가볼까?

　왜 거기는 가?

　부모님은 이렇게 책망했지요.

　그 동안의 적지 않은 여행 경험을 통해 뭔가를 보여주었다면 제 가족도 어떤 희망을 보았을 겁니다. 그런데, 무작정 가겠다니……. 사실, 저는 중남미여행도 그저 가고 싶다는 생각뿐이었지, 갔다와서 뭘 해보겠다는 계획도 없었어요. 책을 쓰려면 그 동안 갔다왔던 동남아, 일본, 유럽, 터키, 이스라엘, 이집트 등 인기있는 나라들부터 먼저 써야 하는데 그것도 하지 못했으면서…….

　그러나 그때 제 생각은 일단 가고 보자, 그런 거였어요. 그런데, 제 일생의 가장 어두웠던 시절이 먹구름처럼 성큼 다가왔습니다.

절망

1993년 7월 갑자기 아버지가 쓰러지셨습니다. 세번째 풍이 온 거지요.

아버지는 그 전에도 두 번 쓰러진 적이 있었어요. 다행히 제가 여행하다 집에 돌아와 있을 때였는데 한 번은 가볍게 지나가고, 두번째 때는 반신불수가 되셨지요.

그런 아버지를 보면서 인도로 떠나던 저의 마음은 무겁기 그지없었습니다. 혹시 여행하는 동안 아버지가 다시 쓰러져 세상을 뜨실지도 모른다는 두려움 때문이었지요. 다행히, 긴 인도여행을 마치고 돌아왔을 때도 아버지는 변함이 없었습니다.

그러나, 또 몇 달 후 실크로드 여행을 떠날 때 부모님은 통곡을 하셨습니다. 배낭을 메고 걸어가다 위를 올려다보니, 아파트 창문에서 두 분이 목을 내밀고 손을 흔들고 계시더군요. 그 모습이 마치 연약한 새 두 마리가 둥지에서 멀리 떠나가는 새끼를 바라보는 것만 같았어요.

이제 저 모습이 마지막일지도 모른다는 생각을 하니, 그만 눈물이 쏟아지고 말았습니다.

그렇게 떠났던 제 여행길은 늘 우울할 수밖에 없었습니다.

다행히 실크로드 여행을 마치고 왔을 때도 아버지는 건재하셨습니다. 그후에도 종종 여행했지만 그때는 한두 달씩 짧게 하는 여행이어서 마음이 가벼웠지요.

그러나, 다시 중남미여행을 준비하는 동안 아버지는 세번째로 쓰러지신 겁니다. 축 늘어진 아버지를 등에 없고 병원으로 달려가니 그냥 놓아두면 2주일 정도 후에 돌아가실 것이고, 수술을 받고 목구멍을 뚫어 인위적으로 가래를 뽑아내면 목숨은 연장할 수 있다고 의사는 말했습니다. 당연히 수술을 받았지요.

그후 아버지는 의식을 잃은 채 계속 중환자실에 누워 있었고, 어머니는 실어증에 걸려 말문이 닫히고 말았습니다.

세상이 캄캄해지고 땅 밑이 꺼지고 있었어요. 벌을 내리려면 저에게 내려야지……. 저는 가족들 앞에서 고개를 들 수가 없었습니다.

의식불명인 아버지에게도, 불쌍한 어머니에게도, 정처 없이 돌아다니던 형을 대신해 부모님을 챙겼던 동생 가족에게도…… 그리고 치료비 걱정을 덜게 했던 친척에게도.

중환자실에서는 늘 사람들이 바뀌더군요. 새로 환자가 들어오거나, 투병생활을 하던 환자가 죽어나가 통곡 소리가 이어졌습니다.

세상에는 왜 이렇게 고통받아가며 사는 사람이 많은 겁니까? 이런 세상을 모르는 채 방랑이네, 여행이네, 삶이네, 죽음이네 하면서 굉장한 고민을 하는 것처럼 생각했던 제 자신이 몹시 부끄러웠습니다. 그리고 관념이 얼마나 허약한지, 제 자신이 얼마나 이기적인 인간인지를 저는 말없이 누워계시는 아버지 앞에서 느꼈지요.

쓰러지신 지 6개월 후, 아버지를 집에 모셔왔고 그때부터 저는 아버지 곁을 하루 종일 지켜야 했습니다.

계속 목에 고이는 가래를 기계로 뽑아야 했고, 코에서 위까지 연결된 튜브를 통해 하루에 대여섯 번씩 유동식을 드려야 했습니다. 욕창이 생기지 않게 하기 위해 두세 시간마다 자세를 바꿔드려야 했으며, 대소변을 처리해야 했습니다.

힘들어 보이는 일 같지만 몇 번 해보니 쉽게 적응이 되어서 별로 힘들지는 않았습니다. 또한 여태까지 저만을 위해서 살았는데, 이제 부모를 위해서 무언가를 할 수 있다는 사실이 오히려 작은 위안이 되었지요.

하지만, 아버지를 이 지경까지 만든 죄책감이 저를 괴롭혔습니다. 또한, 젊어서 평생 고생하고, 나이 들어서는 반신불수인 남편 뒤치다꺼리 하다가, 마침내 이런 지경을 당해 깊은 우울증에 빠져 삶의 의욕을 잃어버린 어머니를 보면서, 제 자신이 원망스러웠습니다.

아, 다시 과거로 돌아갈 수만 있다면……. 물론, 그래도 저는 떠났을 겁니다. 그러나, 집에 있을 동안만이라도 부모님에게 더 잘해드릴 수 있었을 텐데……. 그러나 흘러간 세월은 다시 돌릴 수가 없었습니다. 저는 그

거역할 수 없는 흐름 앞에서 절망했지요. 분가해서 그런 상황을 보며 애태우는 동생가족들도 힘들었구요. 우리 가족은 모두 그렇게 무너져가고 있었습니다.

그렇게 삭막하며 의미 없는 세월이 1년 정도 흘러가자 차차 저에게는 우울증과 자폐증 증세가 나타나기 시작했습니다.

한동안은 제 여행을 글로 정리하는 것에 몰두하면서 그것을 이겨내려고 했지만, 두세 시간의 외출 외에는 밖에 나갈 수가 없고 사람도 거의 만나지 못하는 그런 상황이 힘들게 느껴지고 있었습니다. 아버지 병간호보다도, 아무 변화 없는 무의미한 삶이 한정 없이 계속 이어지고 있다는 사실이 저를 더욱 힘들게 한 겁니다. 삶의 의미를 찾을 수가 없었어요.

자칫하면 제가 무너질지도 모른다는 위기감이 들 무렵 케이블 TV에서 여행관련 프로그램 MC를 해보라는 제안이 왔습니다. 저는 하기로 했습니다. 할 상황도 전혀 아니었고 소질도 없었지만 열심히 했습니다. 잠깐 나가서 녹화하는 거라, 아버지 병간호를 계속 병행할 수 있었지요. 다행히 상태가 호전된 어머니가 제가 없을 땐 아버지를 돌봐드렸죠.

이때, 제가 TV에 나온 모습을 보면 어색하고 엉성합니다. 아마, 그 시절, 저를 본 분들이라면 역겨웠을 겁니다. 그런 것 할 놈이 아닌 놈이 하고 있는 것처럼 보였을 테니까요. 또는 꽤나 TV 나오는 걸 좋아하는 인간처럼 보였을 겁니다.

그런 말들이 들려오는 것을 느끼면서도 저는 했습니다. 돈도 벌어야 했고 삶의 의욕을 되살려 보고 싶어서였지요.

또, 우연히 중국여행가이드북을 쓰게 되었습니다. 저는 예전에 갖다온 실크로드 부분과 전체적인 기획을 맡고, 후배들은 다른 지역을 답사했지요. 그것 역시 집에 앉아서 할 수 있는 일이었습니다.

그렇게 몸부림치는 가운데 차차 절망적인 상황에서 벗어나기 시작했습니다. 사람은 다 살게 마련인가 봅니다. 그런 상황에서도 삶의 의욕이 솟아나니 말입니다.

그렇게 고비를 넘기는 가운데 세월은 흘러갔고, 아버지는 쓰러지신 지 2년 반쯤 되던 늦가을 어느 날 폐렴에 걸리셨습니다. 지금이야 꿈처럼 여겨지는 광경이지만, 계속 고통스럽게 헐떡이는 아버지를 보며 밤새도록 가래를 뽑아내던 저는 다시 극도의 절망감에 빠지고 있었습니다.

병원으로 모셔야 할 것인가? 아니면 이제 그만 돌아가시게 놓아둘 것인가? 병원으로 모시면 생명은 연장되겠지요. 그러나 그 삶은 무슨 의미가 있겠습니까? 그렇다고 돌아가시게 하자니 눈앞에서 고통스러워하는 아버지를 매정하게 버리는 것 같아 미칠 것만 같았습니다.

제 의지에 의해 아버지의 생과 사가 갈리는 현실이 되고 보니 몹시 두려웠던 거지요.

1주일 정도를 고민하다 결국 병원으로 모셨으나 아버지의 폐렴은 이미 깊어졌고 1주일 정도 더 지난 후 아버지는 세상을 떴습니다.

장례를 치르고 돌아온 후, 저는 죄책감에 시달렸습니다. 결국, 제가 아버지를 죽음으로 가도록 방치했으니까요. 또한, 말 한마디 안 하고 누워 있던 아버지였지만 그래도 이 세상에 있을 때는 힘이 되었는데, 막상 돌아가시고 나니 그렇게 허전할 수가 없었어요. 저는 깊은 허망의 늪에 빠져 허우적거리기 시작했습니다.

방황

모든 것이 허망했습니다.

결혼을 해서 가정을 가졌다면 그런 감정을 이내 극복했을지도 모릅니다.

그러나, 외톨이였던 저는 그렇지 않았습니다.

꿈에서도 아버지의 모습이 자꾸 보여 죄책감과 허무감에 시달렸고, 제 삶이 헛것이었다는 생각이 자꾸 드는 거예요. 자유니 뭐니 하면서 제 삶을 포장했지만, 결국 부모님의 희생 위에서 잠시 '놀았다' 는 생각이 든 겁니다.

비참하게 돌아가신 아버지와 남아서 허덕이는 어머니를 보면서 제 자신이 가증스러웠습니다.

그래도 살아야 한다며 나약한 감상을 버리고 좀더 강해지고 냉정해지자고 다짐했지만 극복하기가 쉽지 않았어요.

앞으로 제가 늙어서 병을 앓다가 의미 없는 삶을 산다는 판단이 들면,

‘그 즉시 치료를 중단해달라’ 는 말을 주변사람들에게 남기는 것으로 죄책
감을 정리했지만, 깊은 허무함은 계속 제 가슴을 짓누르고 있었습니다.

그것을 떨치기 위해 어머니를 모시고 인도네시아 발리 섬에 다녀왔습
니다. 지금 생각하면 왜 그런 어리석은 행동을 했는지…… 저는 방향을
잃고 이리저리 헤매는 불쌍한 아이 같았어요. 지금 생각나는 것이라고는
어머니와 나무 그늘 밑에 앉아 논 위를 걸어다니는 오리떼를 물끄러미 바
라본 것과 음식점에서 단조로운 가믈란 음악을 들으며 멍청히 바다를 바
라본 것뿐이니까요.

그후 혼자서 태국과 인도를 여행하며 삶의 의욕을 되살리려고 노력했
지만, 이것 또한 흥이 나질 않았습니다. 모든 게 시들했어요. 흥청거리는
방콕의 카오산 로드는 가기조차 싫어서 조용히 차오프라야 강변에 앉아
술만 마셨고, 외국여행자들이라고는 아무도 오지 않는 조그만 섬으로 가
혼자 바다만 쳐다보았습니다.

인도에 가서도 마찬가지였습니다. 바라나시의 화장터와 강가를 거닐었
고 밤이면 강변에 드러누워 컴컴한 하늘을 늘 바라보았지요. 밤이 되면
강도가 설친다는 곳이었지만 별로 두렵지도 않았습니다.

아버지는 도대체 어디로 간 것일까?

멀리 가물가물 보이는 불빛이 마치 저승길의 주막처럼 보였어요.

어머니는 또 이제 어디로 가는 것일까?

그리고 나는…….

존재와 무, 삶과 죽음.

사십이 다 되어가는 나이에 저는 사춘기 시절 심각하게 생각했던 그런 문제를 다시 반추하기 시작했습니다.

물론, 답이 안 나왔지요.

제가 그런 상황에서 툭툭 털고 일어나 꿋꿋하게 살 의욕이 생겼다면, 성숙한 어른이 되어버린 저에 대해서 덜 실망했을 겁니다.

그런데, 산전수전 다 겪었다는 여행하는 사람이, 평범한 삶을 살아온 사람보다도 더 좌절하고 힘들어하는 것을 보면서, 헛웃음이 나오기도 했습니다.

나, 이제 어떻게 살아야지?

아버지의 죽음보다도 죽어가는 과정을 보며 세상에 대한 관념이 와그르르 무너졌습니다. 마치 페인트칠이 싹 벗겨져 나간 녹슬고 추한 철골을 보는 것 같았어요. 페인트칠이 칠해져 있을 때는 아름답고, 의미가 있던 세상이 서서히 그 본질을 보여준 것입니다.

그래도 삶의 욕망은 남아 있어서, 차분히 자신을 분석해 보았지요.

아버지가 누워 있을 때, 그 고통과 허무 속에서도 저를 지탱시켜준 것은 의무감이었지요. 또, 여행 초기에 저를 사로잡은 것은 즐거움이었고, 학창시절은 답답했으나 그래도 저 자신의 미래를 찾고자 하는 열망, 혹은 어떤 의미추구가 제 삶을 이끌어주었습니다.

사람은 결국, 즐거움, 의미, 의무 이런 것 중에 하나만 있어도 살아갈 수 있는데, 저는 그 순간 아무것도 제 곁에 있지 않다는 것을 알았습니다.

또, 제 자신에 대한 정체성에도 혼란이 왔어요.

나는 도대체 누구인가.

여행가? 여행전문가?

여행작가?

도인?

구도자?

도대체 저에게 맞는 것은 아무것도 없었어요.

자식다운 자식도 아니었고, 형다운 형도 아니었으며, 독신이니까 남편도 아니고 아버지도 아니었습니다. 거기다 여행 관련해서 하는 일도 하다 말았고.

그런 정체성도 문제였지만, 당장 구체적으로 어떻게 살아가야 하는가도 문제였습니다.

이제 여행도 글도 저에겐 아무 즐거움도 의미도 주지 못했습니다. 그렇다고 죽기도 물론 싫었지요.

그러면 세상을 떠나 산속으로 들어가거나 히말라야 같은 데서 명상하면서 수행이나 해볼까?

도피하려고 생각하니까 별 생각이 다 들더군요.

그런데 산속으로 가든, 농사를 짓든, 수행을 하든 다 욕망이 있어야 하는 것 아닙니까?

수행자가 욕망을 버린 사람이라구요?

저는 그렇게 생각하지 않아요. 다만 깨달음이라는 큰 욕망을 위해, 작은 욕망을 버리려고 노력하는 사람이라는 얘기겠지요. 저에게는 그런 큰 욕망도 없었습니다.

그럼 어떻게 해야 하나.

길이 안 보였습니다.

결국, 저는 그 길을 '관계'에서 찾기로 했습니다.

제대로 서기도 힘든 물 젖은 지푸라기처럼 된 저는, 바로 서기 위해 기댈 관계가 필요했어요. 평범한 사람들은 일이든, 사랑이든, 혈연이든, 친구든, 가족이든, 어떤 식으로든 서로 관계를 맺는 가운데 자신을 지탱할 힘을 찾는 것 같았어요.

그래서 저는, 평생 관계 맺을 사람을 찾았습니다.

반성

결혼했습니다. 나이 사십에.

그런데, 결혼이란 게 그렇더군요. 밥상에 숟가락 하나 더 놓는 게 아니었어요. 그때까지는 내놓은 자식이기에 주변 신경 안 쓰고 살았는데 결혼하고 나니까 인간 구실 하는 데 비용이 들더군요.

하지만 제가 바라던 바였습니다. 그렇게 정신을 차려야만 더 열심히 살 수 있으니까요.

그런데, 저는 항상, 무언가를 열심히 해보자, 그런 생각을 하고 나면 무슨 의식이라도 치르듯이 여행을 먼저 간다는 게 문제입니다. 글쎄, 남들에게는 핑계처럼 보일지 모르지만, 저에게는 절박했습니다.

사실, 신혼이었지만 제 마음속에 깊게 드리워진 허무감의 그늘은 쉽게 사라지지 않고 있었습니다. 그런 상태에서는 글이든 돈벌이든 아무것도 할 수 없었습니다.

그래서 홀로 태국, 라오스, 캄보디아를 돌며 '극기훈련'을 좀 했지요.

앙코르 유적지처럼 좋은 볼거리도 구경했으니 일석이조라 생각하면서.

돌아와서 심기일전하고, 살려는 궁리를 했는데, 이런! IMF가 터진 겁니다.

아, 정말!

여행 분야는 난리가 났지요. 이쪽저쪽에서 망하는 소리가 들려왔습니다. 제가 돈을 벌려면 결국 여행사 같은 데서 손님 모시고 나가는 일을 하거나, 혹은 신문잡지에 기고하는 것인데, 그 지경이 되고 나니 해외여행의 '해' 자도 꺼낼 수 없는 분위기였습니다.

정신적인 충격이 대단했지요. IMF 극복하려면 5년이다, 10년이다라는 말이 나오고 있었으니 앞이 캄캄하더군요. 제가 아는 것은 여행과 글인데 모두 이제 아무 짝에도 쓸모없는 것이 되어버린 것입니다.

이제 무용지물이 되어버린 저는 살길을 찾아서 한국을 벗어나고 싶었습니다. 인도에 '이민' 가자는 생각으로 아내와 함께 남인도를 돌며 '답사'도 했는데, 지금 생각하니 그게 답사를 빙자한 여행 같기도 하고……. 하여튼 대책 없이 갈팡질팡했지요. 인도에서 집값도 물어보고, 대학이나 요가학원도 알아보고……. 그런데 여행과 그곳에서의 삶은 다르다는 생각이 들더군요.

한동안 헤매다, 이러면 안 되겠다라는 생각이 들어 후배들과 함께 여행관련 인터넷 사이트를 만들었지요. 뭔가 의미, 용기를 얻고 싶어서였습니다.

그러나 몇 달 안 되어 그만두기로 했습니다.

그때 저에게 위기가 온 것을 감지했습니다.

어느 샌가, 저는 그 동안 여행을 통해 얻어왔던 저의 경험과 인간관계에 너무 집착하고 있던 것이지요. 또한 제 자신이 추위를 못 견디고 자꾸 사람들 속으로 들어가 털을 부벼대는 강아지 같은 느낌이 들었어요. 그게 나쁠 리 없겠지요. 인간 세상이란 게 다 관계 속에서 함께 살아가는 것이니까요.

그러나 저는 저 자신이 싫어지고 있었습니다.

한동안 사람을 만나지 않았습니다. 산책하고, 독서하고, 생각하고…… 정말 단순한 생활이었습니다. 처음엔 삭막했습니다. 그러나 저는 나약해지고 혼탁해졌으며 무능력해진 저 자신에 대해 이를 악물고 반성하고 또 반성했습니다.

한동안 책 속에 파묻혀 살았습니다. 책과 사색을 통해 세상을 보는 시야를 넓히고 싶었고, 그것을 통해 제 내면에서 희미하게 꿈틀거리는 것들을 끄집어내고 싶었으며, 근본적인 세계관, 인생관의 변화와 새로운 삶의 형식을 모색하기 시작했습니다.

그러나 그것은 쉽지 않았습니다. 한때, 이중적인 태도도 보였지요. 세상과의 인연을 끊겠다면서도 또한 세상일이 궁금한 겁니다. 사람은 안 만나고, TV는 안 보았지만 종종 잡지도 사보고, 여행관련 인터넷 사이트에 들어가 남들은 어떻게 살아가고 있나에 관심도 가졌지요.

그 접점에서 왔다갔다하면서, 끈질기게 내면에서 올라오는 것을 기다리고 또 기다렸습니다. 그리고 그 끝에서 저는 자연의 아름다움과 소박한 기쁨을 누릴 수 있었습니다.

그 가운데, 불현듯 이런 외침이 들려오더군요.

버려라! 다 버려라!

갑자기 가슴이 울컥해지더군요.

그때, 저는 예전에 도봉산 바위를 탈 때처럼, 잡은 곳을 놓아버리고, 다시 한 손을 내밀어 뻗어야 할 순간이 왔음을 알았습니다.

한때, 자유로웠던 저였습니다. 그런데 그 과거의 경험에 사로잡혀 말로는 자유니 방랑이니를 떠들고 몸은 들락날락거렸지만 사실, 제 정신은 익숙함과 매너리즘에 빠지고 있던 것입니다.

그래, 과거를 버리자. 여행도 버리자. 이제 새 출발하는 거다.

그렇게 저 자신을 정리했습니다.

희망

진정한 새 출발

저는 다른 일을 택하기로 했습니다. 직장에 들어가긴 싫었고, 새로운 삶의 형식을 아직 찾지도 못했지만, 그전에 우선 노동을 하든, 장사를 하든, 땀을 흘려야 된다고 생각했지요. 정 할 일이 없으면 야채장사나 붕어빵장사를 할까 했습니다. 장사는 아무나 하는 것이겠습니까마는 그래도 자본 없는 제가 가장 무난하게 할 수 있는 일인 것 같아서 그런 것이지요.

그 당시 우리 동네 주변에 말쑥한 차림의 부부들이 호떡장사, 오뎅장사 하는 것을 종종 볼 수 있었습니다. 아마 실직자들 같았어요. 그리고 어느 은행 앞에서 맨날 구박받아가며 겨울에는 붕어빵 팔고, 다른 때는 야채를 팔던 외팔이 사내도 있었습니다.

저는 산책을 하며 그들을 볼 때마다 스스로 부끄러웠고 그들이 존경스러웠습니다. 저도 저렇게 땀흘리며 살아야겠다고 각오했지요.

그런데, 참 저란 놈도…… 늘 그랬지만 그렇게 마음먹고 나니 다시 한 번 여행을 떠나고 싶더란 말이에요. 마치 공부할 시간이 다가오면 공연히 손톱 깎고 발톱 깎는 학생처럼…….

아프리카로 가며 이게 마지막 여행일지도 모른다고 생각했습니다. 새로운 길을 걷기 전에, 서로 죽고 죽이는 그 현장에서 대자연의 정기를 흠뻑 마신 후, 나약해지고 축 늘어진 저 자신을 강하게 단련시키고 싶었습니다.

배낭을 메고 동부 아프리카를 돌아다녔습니다. 아프리카는 인도보다 더 열악했고 배낭여행 하기도 힘들었어요. 말라리아에 걸린 적도 있었고 족저근막염에 걸려 걷기조차 힘들기도 했지요. 그때 나이 들었다는 것을 실감했어요. 30대에 펄펄 날았는데 40대로 접어들면서 급격하게 체력이 저하된 겁니다.

그러다 인도로 오니 정말 낙원 같다는 생각이 들더군요. 인도는 아무리 빈곤하다지만 그래도 싼 식량이 어딜 가나 풍부했어요.

인도를 잠시 여행하다 한국에 돌아오니, 아, 한국은 정말 도깨비들이 사는 나라라는 생각이 들었습니다. IMF 1년 조금 넘어갔는데 언제 그랬냐는 듯, 흥청거리고 해외여행객이 늘어나는 겁니다. 거기에 힘입어 언제 그랬느냐는 듯, 저 역시 장사는 잠시 뒤로 미루고 아프리카 여행기를 썼습니다.

부족한 경험이었지만, 별로 소개도 안 된 곳이고 또 방금 건져올린 싱싱한 경험을 보여주고 싶다는 충동 때문이었습니다.

원고가 완성된 후, 책이 되어 나오기까지 거의 일 년이 걸렸습니다. 출판사마다 제 원고에 대한 평가가 달랐기에 당혹스러웠고, 맞는 출판사 만나기가 그리 쉽지 않았습니다. 거절당할 때마다 솔직히 기분도 안 좋았구요. 물론 그런 아픈 시간을 통해 저의 부족한 점을 볼 수 있는 안목도 길렀지만 어쨌든 힘이 들었어요. 그런 힘든 과정을 통과한 후, 다행히 맞는 출판사를 만나 책이 나오게 되었습니다.

그 과정 속에서 저는 자신에게 심각한 질문을 던졌었지요.

왜 책을 내려고 하는가?

돈을 벌려고?

예전에 두 권의 책을 내고 별로 재미를 못 본 저로서는 큰 기대를 하지 않았어요. 저로서는 잡지사에 글을 쓰고 사진을 파는 것이 책 쓰는 것보다 훨씬 돈이 되었습니다. 책 쓰는 동안에는 그런 활동을 많이 하지 못했으니 오히려 경제적으로는 손해였지요.

그럼, 명예를 위해서?

사실, 여행 초기에 책 냈을 때는 어떤 뿌듯한 기대감이 있었어요. 그런데, 여행기가 홍수처럼 나오고 있는 시점에서 책 한 권 더 낸다고 세상에서 알아주는 것도 아니었지요. 또, 책을 내면 칭찬받는 만큼 비난도 듣는다는 것은 충분히 예상할 수 있었기에 결코 '여행기' 정도 쓰는 것이 명예로운 일은 아니었습니다.

그럼 글쓰는 즐거움 때문에?

만약 제가 인터넷 홈페이지나 일기장에 글을 썼다면 늘 즐거웠을 겁니다. 그러나 남들의 검증을 받아 불특정 다수를 상대로 세상에 책을 낸다는 과정은 꼭 즐겁기만 한 건 아니었어요.

그럼 무엇 때문에?

결국, 직접적인 원인은 충동 때문이었어요.

방금 갔다온 경험을 전하고 싶다는 그 충동…… 그리고 제 깊은 내면에 들끓고 있는 것은 바로 욕망이었습니다.

그렇습니다.

돈, 명예, 즐거움 이전에 바로 제 속에서 용광로처럼 부글부글 끓고 있던 그 희열, 열정, 뒤틀림, 분노…… 그 모든 것들을 분출하고 싶은 욕망 때문이었습니다.

아무리 버리는 척, 관심 없는 척 해도 제 욕망은 어디 가지 않고 있는 것을 보며 인간은 욕망 덩어리라는 생각이 들었어요.

그렇다면, 붕어빵장사 이전에 할 일이 많았습니다. 욕망을 태우는 일이었지요.

태우지도 않은 것을 버리고자 했다니…… 어리석었다. 먼저 내 삶의 흔적과 욕망을 훨훨 태워라…… 그것이 재가 되면 버리지 않아도 이미 버려진 것이 되어 있을 테니…….

이 욕망을 태우는 과정에서 저는 부수입이 많았습니다. 우선 여행하고 글쓰는 사람으로서의 정체성을 확보한 것이지요. 글을 쓰면서 제 여행과 자신의 삶을 정리하며 자연스럽게 형성된 것입니다.

또한, 경험이나 글보다 마음이 먼저란 것을 체험 속에서 깨달았습니다.

처음에 여행기란 '객관적인 현실과 경험' 을 있는 그대로 옮기는 것이란 생각을 했는데, 어떤 마음을 먹고 어떤 기분으로 여행을 하는가에 따라 보이는 '현실' 이 계속 달라지는 것을 체험했거든요. 그리고 글을 쓸 때도 마음의 자세에 따라 다른 글이 나왔구요. 그렇다고 그 모든 체험과 글이 저의 '주관적' 인 것만은 또 아니었습니다.

이 객관과 주관 사이에서, 현실과 이미지 사이에서, 담백한 문체와 문학적 기교 사이에서 종종 고민했는데, 결론은 먼저 마음의 균형을 잡는 일이 선행되어야겠다는 것이었습니다. 현실의 미화 혹은 비하를 피하며 공정하게 바라보기 위해서요.

지금 생각하면 너무도 당연한 얘기지만, 저는 그런 것을 좌충우돌 실수하고 고민하면서 힘들게 알게 되었으니 한참 늦은 늦깎이랍니다.

책이 나온 다음에도 배우는 게 있었어요.

칭찬을 들을 때는 아, 애정이라는 게 이렇게 사람에게 큰 힘을 주는구나, 그러니 나도 남을 인정해주고 칭찬해주어야겠다는 것을 배웠고, 또, 책을 제대로 읽지도 않은 채 편견 속에서 말꼬리 잡는 터무니없는 비난을 들을 때는 제가 과거에 다른 사람들에게 행했던 비슷한 경솔함이 얼마나 부끄러운 일인가를 알았습니다.

사람은 역시 자신이 직접 당해보지 않으면 남의 사정을 모른다니까요.

책보다, 책을 내는 과정이 저에게 준 선물은 바로 이런 것들이었습니다.

그 과정에서, 저는 여행과 글을 벗삼아 살아보기로 단단히 결심을 했습
니다.

다시 미지의 세계로

우선, 다시 미지의 세계로 떠나고 글도 적극적으로 쓰자고 생각했습니다.

물론, 사이사이 돈을 벌기 위해 인도나 동남아 등지로 그룹투어 인솔도 했지만, 그런 것은 잠시였고 저는 색다른 여행방법과 험한 대자연을 통해 제 여행과 글에 활력을 불어넣고 싶었어요. 그리고 그 과정에서 파생되는 경험을 적극적으로 섭취하기로 했습니다. 그것은 곧 프로의 길을 걸으려는 저에게 글쓸 거리가 되었으니까요.

인도대륙을 다시 방랑했습니다. 그렇습니다. 그건 방랑이었지요. 카메라도 여행안내책자도 다 버리고 그냥 빈 몸, 빈 마음으로 방랑했습니다.

그 여행은 최고의 여행이었습니다. 저는 익명의 여행자였고 바람 같은 여행이었습니다. 이미 많은 것을 본 인도여행이어서 볼거리로부터의 집착에서 벗어날 수 있었기에 더욱 자유로웠지요.

길을 가며 사색하고 또 사색했습니다. 그 동안 제 속에서 들끓던 수많은 고민들이 차분하게 정리가 되며 샘솟듯이 글이 솟구쳤어요.

그 신선한 기운 속에서 다섯 차례에 걸쳐 여행했던 인도를 정리했지요. 제 여행 경험을 모두 풀어놓는 것이 아니라, 제 기분 따라 에세이식으로 썼습니다.

글을 쓰는 동안 참 행복했습니다. 그리고 다행스럽게 성격이 맞는 출판사를 비교적 쉽게 만났고 그 원고는 『슬픈 인도』라는 책으로 나왔지요. 감개가 무량했습니다. 10여 년에 걸쳐 축척된 글이었으니까요.

그때, 저는 글의 긍정적인 힘을 느꼈습니다. 글을 쓰는 가운데, 제 생각이 정리되고 맑아지며 그 글 속에서 누구보다도 제가 먼저 힘을 얻었으니까요. 이전에는 몰랐던 글의 힘이었습니다.

그후, 겨울 시베리아를 횡단했습니다.

말도 안 통하는 곳을 홀로 헤쳐가자니 힘든 여행길이었어요. 그러나 아직 관광객에게 오염되지 않은 현실이 저를 기쁘게 했습니다.

블라디보스토크에서 하바로프스크를 지나 인도대륙보다도 더 넓다는 자작나무와 타이가 숲을 횡단하는 동안, 제 안에서 녹슬었던 감성의 칼은 날카롭게 갈아지고 있었습니다.

여행을 마치고 모스크바에서 비행기를 타러 공항으로 올 때는 저에게 주먹질을 해대는 스킨 헤드들이랑 격투도 벌였지요. 저는 야수처럼 그들과 싸웠습니다. 무서울 것이 없었습니다. 제 젊은 날의 그 열정과 희열, 의미만 찾을 수 있다면 생명이라도 내놓고 싶은 심정이었어요.

시베리아 여행은 후일 『겨울의 심장』이란 책으로 나왔고 저는 뿌듯했습니다. 한 걸음씩 내딛는 기분이 들어서요.

그후, 말레이시아 보르네오 섬의 밀림 속을 돌아다니기도 하고 10여 년 전에 가보았던 실크로드와 터키, 동유럽을 다시 여행하기도 했지요. 그 옛날의 추억을 더듬어보고 또 10여 년 사이에 일어난 변화를 비교하는 즐거움이 있었습니다.

이런 과정을 통해 제 마음속에서는 삶과 여행에 대한 희망찬 불씨가 다시 지펴지기 시작했습니다.

해소

종종, 고생스런 여행을 하는 저를 보고, '그게 여행인가?······' 하면서 이해하지 못하는 사람들도 있을 겁니다.

사실, 직장에서 시간과 업무에 쫓기며 스트레스를 받는 사람들은 여행을 그냥 즐기면 됩니다. 저는 그게 직장인들의 당연한 태도라고 봅니다.

아마, 직장인들이 가장 좋아하는 곳이 해변 휴양지일 겁니다. 일상에서 벗어나 수영하고 휴식을 취하며 맥주 한 잔 마시는 기쁨, 이것이야말로 그들의 행복 아닐까요? 여행 와서까지 골치 아프게 의미니 견학이니 배움이니 그러고 싶겠어요? 사느라 얼마나 힘들었는데.

사업하는 어떤 후배는 저에게 이렇게 말하더군요.

"선배님은 배낭여행하느라 고생 많이 하시겠지만, 저는 살면서 고생 무지 합니다. 그런데, 제가 왜 밖에 나가서까지 고생해야 합니까? 저는 밖에 나가서 스트레스 받고 싶지 않아요. 나가서 놀든지 쉬어야지요. 제가 사업하면서 얻은 그 스트레스를 어디 가서 풉니까?"

듣고 보니 맞아요. 그때, 한 수 배웠지요.

일반인과 오래된 여행자들이 바라보는 여행에는 차이가 있었습니다.

일상에서 땀을 흘린 자는 여행 속에서 이탈의 기쁨을 누리고, 재충전을 위한 휴식을 취해야 합니다. 그러나 누구로부터의 통제도 안 받는 오래된 여행자들은 가끔 여행지에서 타성과 넘쳐흐르는 자유에 질식되어버립니다.

저는 그 동안 땀을 별로 안 흘린 오래된 여행자였습니다. 그러니, 밖에 나가서 저를 긴장시켜야 했던 겁니다. 저처럼 여행이 삶처럼 된 사람이, 여행 나가서 축 늘어져 있으면, 그건 직장에서 일하는 사람이 일 안 하고 축 늘어져 있는 것이나 마찬가지겠지요.

이게 저의 고민이기도 합니다.

사람들이 그러죠?

정말 좋아하는 것은 일로 택하지 말라구요.

처음엔 좋아서 했던 일이 자꾸 하면서 스트레스 받는 일이 됩니다. 어느 분야나 이런 현상이 나타날 겁니다.

바로 이 지점에서 일어나는 갈등과 고민을 푸는 '지혜'가, 저는 '도'라고 생각합니다.

너무 거창한가요?

그러나 저는 산 속에서 도를 닦는 것 못지않게, 이런 생활 속의 사소한 문제를 지혜롭게 극복하는 노력도 바로 도를 닦는 것이라고 생각하고 있기에, 당당히 말하고 싶군요.

물론 '도'가 쉽게 트이겠습니까? 다만 끊임없이 노력하며 살자는 각오의 표현이겠지요.

결국, 죽을 때까지 삶 속에서 이런 고민은 계속될 테니, 제가 도를 깨치는 일은 없을 겁니다. 다만, 계속 생각하고 고뇌하다가 순간순간 느끼는 희열은 있겠지요……. 역설적으로 고뇌가 없다면 그런 희열도 없을 테니, 결국, 고뇌가 희열의 다른 모습일지도 모르지요.

살아오며 저의 고민과 갈등은 계속되어왔습니다. 그리고 이것을 극복하기 위해 늘 호흡을 조절해야 했고, 내공을 쌓아야 했으며, 반성이 필요했습니다. 거듭 새로 나지 않으면 금방 퇴물이 되는 운명이 앞에서 기다리고 있기에 더욱 그랬습니다.

이런 과정을 통해 그 동안 제 가슴을 무겁게 짓눌렀던 회의와 방황이 서서히 씻겨져 내려가기 시작했습니다. 그러자, 한바탕 사우나 속에서 묵은 땀을 쫙 빼버린 것처럼, 정신이 가뿐해지더군요.

떠나라

요즘 한참 인기 끈 광고가 있지요?

열심히 일한 당신 떠나라!

저는 이 광고를 처음 들었을 때 가슴이 시원했습니다.

'떠나라'라는 말이 우선 귀에 쏙 박혔고, 그 다음에 '열심히 일한 당신'
이란 말이 마음에 들었지요.

빈둥거리다 떠나는 게 아니라, 열심히 땀 흘린 후 떠날 때, 그 해방감이
란…….

그런데요, 자꾸 그 얘기를 듣다가 보니 조금 우울해지는 겁니다.

광고문안을 갖고 트집잡자는 게 아닙니다.

다만, 그게 계기가 되어 우리 현실을 생각하다 보니 그렇게 되었다는 얘
기지요.

예전부터 열심히 일한다는 것은 미덕이었습니다.

일하지 않는 자 먹지도 말라는 말도 있듯이 노동은 신성한 것이었지요. 저는 지금도 그 말을 좋아합니다.

그런데, 세상 돌아가는 모습이 점점 이상하게 되다 보니…… 치솟는 아파트값, 또 지금은 폭삭 가라앉았지만 몇 년 전에 증권열풍이 불 때 몇 달 만에 수억 원을 버는 사람들을 바라보면서(결국 이것도 휴지조각이 되어 버렸지만), 땀 흘리며 열심히 일한다는 것이 꼭 바보가 되는 느낌이 든 겁니다. 무슨 가속도가 붙은 것처럼 세상은 미친듯이 요동을 쳤습니다. 또한, 농촌은 몰락해가고…….

재화의 가치가 노동에 의해서 결정된다기보다는 '이미지'나 '돈의 쏠림'에 의해서 결정되는 것을 보면서 결국, 열심히 노동하는 게 중요한 게 아니라, 이미지 관리, 돈 관리가 중요하다는 생각이 들게 되는 거지요……. 결국 '이미지' 강화를 통해 상품 혹은 자신의 몸값을 높이고 재테크를 통해 재산을 늘리는 것이 훨씬 빠른 사회에서, '열심히 일하라'라는 말이 공허하게 들렸습니다.

도무지 이해가 안 가는 것은, 돈을 적게 받으면 일을 적게 해야 하잖아요? 그런데, 일은 죽어라 하는데 돈은 줄어든 겁니다.

이게 무슨 웃기는 사회입니까?

잘은 모르겠지만 옛날처럼 꼭 기업주가 노동자를 저임금으로 착취해서 그러는 것도 아닌 것 같고…… 번듯한 기업들도 망하고 외국자본에 팔리는 현실이니 노동자고, 기업주고 모두 좌불안석입니다.

짐작이 가는 주범은 있는데 '이놈'의 실체가 명확하지 않습니다.

군대 있을 때 '선착순'이 생각납니다.

일단 명령이 떨어지면 아무 생각 없이 죽어라 뛰긴 뛰었는데, 어느 날 문득 이런 생각이 들더군요.

저놈만 죽여버리면…… 명령을 내리는 '한 놈'만 제거하면 여럿이 편안해지는 거 아닌가.

물론, 실행에 옮길 수는 없었습니다. 제가 결국 죽을 테니까요.

결국, 사람이 문제가 아니라, 주변을 겹겹으로 둘러싸고 있는 세상의 무서운 시스템이 주범이었습니다.

한때, 저는 세상을 떠나 산 속에 저만의 왕국을 건설하겠다는 허황된 생각도 했었지요.

그런데 우스갯소리로 산 속으로 숨어도 요즘 세상에 '이장님'은 다 파악하고 계시고 세금은 꼬박꼬박 나올 것이며 예비군, 민방위 통지서는 계속 날아들 것 아닙니까? 그리고 이 그물 같은 세상의 시스템 속에서 살아가려면 역시 돈이 있어야 하기에, 돈을 벌어야 하고…… 홀몸도 벗어나기 힘든데 처자식이라도 있으면 '벗어난다'는 것은 매우 힘든 일이겠지요.

저는 그것을 깨닫는 순간 정말 자본주의와 거대한 자본가들이 무섭다는 생각이 들었습니다.

또한 요즘 '느림'이란 말이 많이 유행했지요.

저는 여행할 때 종종 느림 속에 푹 파묻혔기에 그것이 좋다는 것을 잘 알고 있습니다. 그러나 바빠진 현실 속에서 지속적으로 그렇게 살아간다는 것이 과연 가능할까라는 의문이 들어요. 누구나 그렇게 살고 싶지만, 사회가 허락을 안 하니까요. 시속 100km의 러닝머신 위에서 어떻게 천천히 달립니까?

물론, 나름대로 그런 생활을 모색하고 실천적으로 살아가고 있는 사람들이 점점 많아지고 있다는 것을 압니다. 저도 언젠가 한 수 배우고 그 길을 가고 싶습니다.

그러나 여전히 많은 대다수의 사람들은 러닝머신 위를 달리고 있습니다. 그렇게 헉헉거리고 뛰어가는 사람에게 '느리게 걸어, 느리게 걸으라구' 하며 외칠 수는 없다는 생각이 들었지요. 제가 그 기계를 멈추거나, 그들을 그곳에서 내려오게 한 후, 그후의 생계를 책임지거나 멋진 삶의 모델을 실천적으로 보여주지 못하는 이상…….

이 지점에서 저의 한계를 절실히 느꼈지요.

결국, 여행을 삶처럼, 삶을 여행처럼 산다는 것은 감상적인 경제적인 차원의 문제를 넘어 전반적인 인생관, 가치관, 세계관으로까지 연결되고 실천적으로 어떻게 살아가야 하는가라는 문제로까지 확장되고 말았습니다.

아, 너무 거창합니다. 저도 이 길을 걸어오며 제가 이 지점까지 와서 고민할 줄은 미처 몰랐어요. 저는 그냥 혼자서 자유롭게 여행하면서 살고 싶었는데, 어떻게 하다 여기까지 왔는지…….

나만의 세상

그런데 어느 순간, 고민을 훌훌 털어버리고 말았습니다.

참, 저는 생각과 고민도 많이 하지만 처리도 제 나름대로 편리하게 하는 인간입니다. 아버지의 죽음으로 인한 죄책감을 느낄 때도 그랬고, 이번에도 그렇고…….

이런 생각이 불쑥 든 겁니다.

언제는 안 그랬던가? 언제는…….

돌이켜보니 어느 시대, 어느 체제 속에서도 세상은 늘 그랬던 것처럼 보이더군요.

그렇지 않습니까? 권력과 돈과 이미지가 이 세상을 지배하지 않은 적이 있었던가요?

그 유형과 강도와 속도가 달랐을 뿐이지. 또한, 그것에 반대해 일어났던 거대한 흐름도 세월 속에서 다시 그런 길을 걷구요.

결국, 저는 제가 감당도 못할 거대한 고민으로부터 멀어져갔습니다. 그리고 저만의 세상을 '제 가슴' 속에 만들기로 했지요.

방법은 다시 떠나는 거였어요. 몸뿐만이 아니라, 마음도…… 세상의 중심부를 떠나 저 변방으로, 변방으로.

이쪽 세상도 아니고, 저쪽 세상도 아닌 그 경계, 그 틈새를 거닐던 순간들이야말로 저의 세상이었습니다. 그때, 이 세상에 무엇을 이룩하는 것과는 비교도 안 될 정도의 큰 자유와 기쁨이 제 가슴속에서 어른거렸습니다.

저는 그곳에서 고향을 생각했지요.

한국 땅이 아니라, 머언 세월 저편에서 제가 있었던 곳, 그리고 앞으로 돌아갈 그곳을요.

이상한 일입니다. 예전에 세상을 떠돌아다니며 이탈했다고 생각했을 때는 자유로웠지만 이 세상이 낯선 유배지 같아 늘 쓸쓸했었는데, 먼 고향을 그리는 요즘, 세상이 따스하게 느껴지기 시작했습니다. 마치 어머니 품에 안긴 것처럼.

그러자, 여행도 가벼운 소풍길처럼 흥이 났고, 삶 자체가 문득문득 여행처럼 느껴지기 시작했지요. 떠나지 않아도 지금 이 순간이 여행하는 것만 같았구요.

그리고 잠시 이 세상에 머무는 동안, 세상에서 가장 가치 있는 일은 바로 '하고 싶은 일'에 영혼을 불태우는 것이라고 다짐하고 있습니다.

헛된 욕망과 허영심에서 비롯된 '하고 싶은 일'이 아니라, 자신의 내면

깊숙이 자리잡은 재능을 찾아 그것을 꽃피우는 것 말입니다.

한때, 제 재능이 무엇인지 몰라서 고민했습니다. 그런데 알고 보니 간단하더군요.

꿈과 소망.

바로 그것이 재능이었어요.

그렇습니다. 꿈과 소망…… 돌이켜보니 제 여행은 그 꿈과 소망을 찾는 계기이고 과정이었습니다.

제 구체적인 꿈과 소망이 무엇이냐구요?

그건 비밀로 남겨놓고 싶어요. 자기 속을 밝히는 글을 쓰고 있지만, 비밀 하나쯤은 간직하고 싶습니다.

여러분의 꿈과 소망은 무엇입니까?

혹시 잘 모른다면 이 세상으로부터 잠시 떠나보세요.

꼭 길게 떠날 필요가 있겠어요? 단 며칠이라도, 모든 관계와 관계로부터 떠나고, 자신의 욕심으로부터도 떠나, 낯선 곳에서 익명으로 침묵해보세요. 어느 순간, 자신 속에 깊숙이 파묻혀 있던 그 '보물'이 눈에 확연히 보일 겁니다.

그때, 독수리가 병아리를 낚아채듯이, 날쌔게 그것을 움켜쥐고 하늘로 솟구치는 겁니다. 온몸이 바스러지도록 날갯짓을 하며…… 힘들기는 하지만 참 보람 있지 않겠어요?

여행歌

이제 제 여행歌를 끝날 때가 되었군요.

앞으로 여행歌는 계속되겠지만 그 형식이나 내용은 계속 변할 것 같습니다.

그러나 제 삶의 태도에 있어서 두 가지는 변하지 않을 것 같아요.

첫번째가 땀 흘리며 열심히 살아야 한다는 것.

물론, 저는 무조건 일, 일, 일 하면서 자기 자신을 잊고 또 잃으면서 사는 것을 원하지 않습니다. 늘 하는 얘기지만 사람 있고 일 있지, 일 있고 사람 있는 것은 아니니까요.

하지만 중심부에 있든 변방으로 가든, 세상을 살아가려면 땀과 눈물과 고통을 감수해야 한다는 것은 잘 알고 있습니다. 세상 자체가 그렇게 되어 있지 않아요?

또한 아무리 소박한 사람을 초라하게 만드는 세상이라도 '땀 흘린 자' 만이 느낄 수 있는 아름다운 세계가 있다는 것을 믿고 있습니다. 저에게는 '돈' 보다 바로 그 '땀' 이 소중합니다.

가끔 모든 관계와 사람의 가치를 돈으로 환산하는 사람들을 만날 때가 있습니다. 시대가 이렇다보니 어쩔 수 있겠는가라는 생각이 들면서도 저는 종종 돌아서서 속으로 이렇게 외치지요.

돈이 다가 아니란 말이다, 이 멍텅구리들아아아.

아무리 자본주의 시대고, 생존을 위해 돈이 필요하지만, 돈이 '다' 가 아니지요. 인간을 행복하게 만드는 요소에는 사랑도 있고, 의리도 있으며, 꿈과 이상도 있지 않습니까? 그리고 성실함과 소박함, 봉사, 건강, 느긋한 즐김도 있구요.

그러나 저는 좋은 일을 하는 돈 많은 분들을 존경합니다. 청빈한 사람보다도 그런 분들을 진심으로 더욱 존경합니다. 저도 남에게 도움받는 인간보다, 열심히 땀 흘려 돈 좀 벌어서 언젠가 남에게 도움을 주는 인간이 되었으면 좋겠습니다.

두번째로 확실한 것은 제 여행은 계속될 것이라는 것이지요.

여행은 제 삶의 중심축이니까요. 학자가 공부하고, 노동하며, 가수가 노래 부르듯이 여행인인 저는 여행합니다.

유명하지도 않은 제가 개인적 일생을 늘어놓은 것 같아 영 쑥스럽습니다. 그럼에도 불구하고 이런 글을 쓴 것은, 종종 저 같은 삶에 관심 있는 분들도 있다는 것을 알고 나서였습니다. 그래서 그런 분들을 위해서 썼습니다. 제 경험을 우리끼리 나누고 싶어서요.

제 여행歌가 끝난 지금, 다른 분들의 여행歌를 듣고 싶군요. 그들의 노래를 들으며, 저만 이런 삶을 사는 게 아니구나라는 사실을 깨달으며 위안받고 또 배우고 싶어서요. 기다리고 있겠습니다.

여행가

ⓒ 이지상 2003

초판인쇄 | 2003년 1월 30일
초판발행 | 2003년 2월 5일

지은이 | 이지상
펴낸이 | 김정순
펴 낸곳 | (주)북하우스
출판등록 | 1997년 9월 23일 제1-2228호

주소 | 110-795 서울시 종로구 운니동 98-78 가든타워빌딩 802호
전자메일 | editor@bookhouse.co.kr
홈페이지 | www.bookhouse.co.kr
전화번호 | 741-4145~7
팩스 | 741-4149

ISBN   89-5605-047-3   03810

* 잘못된 책은 바꿔드립니다.